暴君御曹司の溺愛猛攻から逃げられない運命みたいです!?

m a r m a l a d e b u n k o

高田ちさき

マーマレード文庫

暴君御曹司の溺愛猛攻から逃げられない運命みたいです!?

暴君御曹司の溺愛猛攻から
逃げられない運命みたいです!?

プロローグ

「今月の星占い、第一位はさそり座だって」

ランチタイム。休憩室で雑誌を読みながらおしゃべりしている女子社員の声が聞こえてきた。

普段はあまり気にしていないけれど、雑誌の巻末や朝の情報番組で占いを見聞きすると、ちょっと気になってしまうという人は多いのではないだろうか。

私が占いにはまったのは、小学生のころ母親に本屋さんで買ってもらった星占いの本がきっかけだ。十歳前後の女の子にとって「見えない未来を予言する」占いはとても魅力的で、あっという間にクラスで流行した。

成績も容姿もごく平均的な私の周りに、クラスの女子が集まってくるのは、初めてのことで、戸惑いながらもうれしくて、その本を使ってみんなのことを色々と占ったのを今でも覚えている。

普通はそれが幼かった思い出として残り、今雑誌の占いを見ている女子社員のようにごくたまに気にする程度になるのだろう。

しかし私はその後も星占いから姓名判断に手相。四柱推命までありとあらゆる占いの本を読んで勉強した。中でもはまったのはタロット占いだ。

そして今まさに、私は目の前の悩めるひとりの女性を占っていた。

シャッフルしたカードを三つの山に分けてから、分けた順番と逆に戻す。

「じゃあ、ここから三枚選んで」

「はい」

神妙な面持ちの後輩の相談内容は、幼馴染みから告白されて付き合うかどうか悩んでいるということらしい。

恋かぁ、いいなぁ。

真剣な顔でカードを引いている様子を見て、ふとそんなことを思った。

ダメダメ、集中。

彼女の引いた三枚のカードを見て私はにっこりと笑った。一枚目の、告白を受け入れた場合の未来を意味する位置に強いカードが置かれていた。

「【世界】の正位置。これか意味するのは相手への尊敬と信頼。おそらく、燃え上がるような恋ではないけれど穏やかな素晴らしい恋愛ができるでしょう。それと周囲からの祝福も期待できます。幼馴染みなら、ご両親同士が知り合いだとかそういうことはない?」

「え、その通りです!」

「そう。だったらご家族もふたりの交際には大賛成だと思うわ。逆に断った場合は【カップの5】の正位置のカードが出ているから、失ってから彼の大切さに気が付くことになるかも。だから今日の占いの結果としては、彼の告白を受け入れるべきだと出ています。保留にする手もあるけれど【ペンタクルのナイト】の逆位置が出てる。マンネリとか状況が進展しないとかいう意味。いい方向に行く可能性は少ないかなぁ」

目の前の彼女の顔がぱぁと明るくなった。私はこの瞬間がたまらなく好きだ。

「ありがとうございます。春日井(かすがい)さんに占ってもらってよかった!」

「いえいえ、ただの趣味だから。でも喜んでもらえてよかった」

にっこりと笑い私はタロットを一混ぜして片付ける。そしてセージの香りをまとったハンカチで包んだ。

いいアドバイスをありがとう。

休ませるときにはいつもタロットにお礼を言う。今は人目があるので、心の中で唱えたけれど。

「でも。春日井さん占い師みたいです。失礼な話、噂で聞いたときはあまり期待してなかったんですけど、私今とても前向きな気分です。ありがとうございます」

「いいの。趣味が役立ってうれしいわ」

にっこりと笑った私は、心の中でまたもや呟く。

『占い師みたい』じゃなくて、本当に占い師なんだけどね。

平日は会社員の私、春日井紫織二十六歳は、週末には年齢不詳の占い師リーラになる。

でもそれは職場ではもちろん内緒の話だ。あくまで趣味が高じて親切で占いをしているという姿勢を崩さない。

そうやって徹底してきた。だけど一番バレちゃいけない人にバレてしまうなんて、呑気な私はこのときまだ気が付いていなかった。

第一章　【運命の輪】の男

　金曜日の退社後。同僚がデートや飲み会に向かうなか、私は定時に仕事を終わらせるとさっさと着替えを済ませて駅に向かう。

　そのまま家に帰るわけではない。二駅先にある繁華街の片隅。そこにある通称『占いの館』に向かう。

　ここは複数の占い師が各自のブースで占いを行う場所だ。以前は路上で占いをしている人もいたが、昨今危険なこともあるのでこうやってブースを借りる占い師が多い。飲食店や雑貨店に間借りしたりする人もいるようだが、私はこの占いの館が気に入っていた。

「こんばんは。今日もよろしくお願いします」

　受付のマキちゃんに声をかけると「おはよぉ」と甲高い声で返事があった。

　ふくよかなマキちゃんは、年齢もそして性別も不明のミステリアスな人物だ。何を隠そうこの占いの館の経営者でもある。日常は常に謎に包まれているけれど、優しくて頼りがいがある。

見かけはおネェな彼女（？）だけど怒ったときはかなり迫力がある。以前お客さんとトラブルになりかけたときも、彼女の威嚇で事なきを得た。

「マキちゃん、今日のリング素敵。翡翠？」

「そうなのぉ。もう、ちゃんと気づいて褒めてくれるのリーラちゃんだけだわ。実はこれね……って、待ってもう予約のお客さん来てるんだった。急いで準備なさい」

「え、わかった。また後でね」

「今日もファイトよ！」

おっと危ない。あまり騒ぐと素顔がバレてしまう。

いつもはごく普通の会社員の私だから、一見すると占い師というより相談者に見えるだろう。その姿のまま占いをしても結果は特に変わらないけれど、知り合いに会って気まずい思いをしないため、それとそれらしい格好をした方がいつもの自分と切り離せるので、わざわざ着替えをするようにしている。

すでに相談者が待っていると聞けば急がなくてはならない。私のところに来る人は、すぐにでも話を聞いてもらいたいという人も少なくないのだから。

さて、今日も頑張ろう！

今から月曜の仕事が始まるまでは私は〝春日井紫織〟から〝占い師リーラ〟になる。

真っ黒なワンピースに着替えて濃い目のメイクを施す。特に目には気を遣う。アイラインとつけまつげをしっかりと施すと普段の私にはない華やかさがあり神秘的なイメージのリーラに変わっていく。最後に赤い口紅を塗り、黒いベールで顔を覆うとアニメにでも出てきそうな絵に描いたような占い師が出来上がる。

占い師仲間からは「そこまでする必要ある？」と言われるが、普段の童顔の私が占うよりも相談者も信頼してくれるはずだし、何よりも私がリーラになり切れる。変身を遂げた私は、鏡の中の自分と目を合わした後、ぎゅっと目をつむる。

「よし」

次の瞬間、目を開けると、私は身も心もリーラになっていた。

「お待たせいたしました。中へお入りください」

本日ひとり目の相談者の方が入って来る。週末のこの時間に来るのは仕事終わりの女性の方が多い。

私と同年代の女性に多いのは、やはり恋や結婚の悩みだ。次いで仕事や家族の悩みも多い。その他にもご近所付き合いや友人関係など、この仕事をしていると人間の悩みは本当に多岐にわたるのだと感じる。

その悩みのために未来に不安を抱いているならば、私の占いで少しでもその靄が晴れてくれればうれしい。

もう二度とあんな思いはしたくないから……。私の占いで誰も傷つけたくない。

……お姉ちゃん。

一瞬沈みそうになった気持ちを慌てて立てなおす。

多くの占い師の中から私の元にわざわざ来てくれたのだから、今は目の前の人に集中しなくちゃ。

「まずは大きく呼吸をして、それから思いつくままあなたの悩みを言葉にしてください」

まずは話を聞くところから始める。そのときの彼女の表情や声の大きさ、視線の動き、そういったところからありとあらゆる情報を集める。

もちろんタロットが結果を示すのだけれど、それを伝えるのは私だ。占いが導き出した結果も伝え方によっては、毒にも薬にもなる。だからこそ全神経を集中して、彼女から感じられる、情報を漏らしてはならない。

彼女は私の言葉を素直に受け取り大きく呼吸をした後、話を始めた。おそらくここに来るまでに、色々と自分自身で今日話す内容を考えていたに違いない。

「私付き合っている人がいるんですけど、彼のことが信用できなくて」

「そうですか。それはつらいですね」

私の言葉に、彼女の目に悲しみの色が浮かんだ。

「勤めていたという会社もいつの間にか辞めていて今はフリーで働いているって。でも仕事の内容を聞いても私じゃわからないからって詳しくは教えてくれないし、家族はおろか友人さえ紹介されないんです。もう不安で不安で」

焦って話をしているせいか、どんどん早口になっていく。それくらい彼女は今日まで悩んできたのだろう。

私は彼女の発した言葉を繰り返しながら、質問の内容をふたりで整理していく。ここに時間をかけるのは、依頼者が何を悩んでいるのか見誤らないようにするためだ。

「では、あなたは彼とどうなりたいのですか？」

「どうって……」

「別れる理由を探しているのか、それともこれからも付き合っていくために前向きな気持ちになりたいのか」

「それは……別れたくないです」

どうしたいのかが明確な方が、いいアドバイスに導きやすい。ここまできてやっと私はタロットを使う。

「わかりました、まずはタロットに彼の今の状況について聞いてみましょう」

それまで左周りに混ぜていたカードを、彼女の質問を思い浮かべながら右周りに混ぜる。そこからカードをまとめカットした山の中から一枚ずつカードを並べた。

彼女はその様子を見ながら息を飲んで待つ。

私は並べたカードを順番に表にしていく。

「かつては希望に満ちあふれていたようですね。しかし現在の彼は、悩みの真っただ中にいるようです。何かそういう話は聞いていますか？」

「いいえ、私の前では昔と変わらない明るい彼のままです」

「そうですか」

彼女の表情を見ながら、次のカードの説明をする。

「近い将来に【星】のカード、問題解決の糸口が見つかるとあります。少しいい兆しが出てくるようですね」

「そうなんですか、よかったぁ」

彼女の安堵した表情から、彼のことを本当に想っていることが伝わってきた。

「周囲からの協力も得られそうです。ただ、今彼のネックになっているのは、抱え込みすぎを意味する【ワンドの10】のカード。おそらく今はやることが多くて回っていない状況のようです。最終的には努力が実るとあります。ですから、少し見守ってあげることが大切ですね」

「と、いうことは私は彼を信じてもいいということですか？」

「待ってください。これはあくまでも彼の状況を占っただけ。次はあなたがどうするべきか占いましょう」

私はまた同じようにカードをシャッフルして一枚ずつ並べた。

「ふたりの関係について、タロットが教えてくれています」

すべてのカードを見てゆっくりとふたりの関係を解いていく。

「かつては順調だった関係が、現在は【吊るし人】の逆位置。これは不満がたまっているけれど現実から目を背けている。相手に執着していると出ています」

女性はハッとして目を見開いた。

「おっしゃる通りです」

「相手の方は、責任感が強くいい加減なことはしたくないと思っているようです。そしてあなたは――【ワンドの5】自分だけが不安で大変だと思っている」

女性は言葉を発せず頷いた。

「そして気になるのはふたりの行方だと思いますが」

彼女がぎゅっと目をつむった。

「本来の自分たちを取り戻す【審判】というカードが出ています。元のような関係に戻る暗示ですね」

「あ……うそ」

「タロットはそう言っています。そのためにも大切なのが、このアドバイスの位置にある【皇帝】の逆位置のカード。きちんと相手の話を聞いて、目の前のことだけではなく、大きな状況を把握してください。彼を責め立てたりせずに、ちゃんと話を聞くことが大切です」

「ああ……私穏やかな彼を問い詰めることも多くて、きっと彼の本当に言いたいことを聞けていなかったのだと思います」

うっすらと涙を浮かべながら、これまでの自分たちを顧みてこれからどうすればいいのか答えが出たようだ。

彼女の顔を見て私も笑顔になる。少しでも気持ちが前向きになれたようでほっとする。

ハンカチで涙を拭った後、彼女はゆっくりと立ち上がった。

「リーラさんに占ってもらってよかった。私、彼とちゃんと話をします」

明るい表情になった彼女は、紫紺（しこん）のベルベットのカーテンを開けると外に出ていった。

「ふぅ」

ひとり約三十分。その間ずっと集中しているせいでものすごく疲れる。水を取り出して一口飲むと、深呼吸をして次の相談者を中に呼び入れた。

「うーん。今日はこれでもう終わりかな」

最終受付時間は過ぎている。先ほどの相談者で最後のはずだ。

今日もよく働いた！

そう思って片付けを始めようとしたところで、部屋の隅にある内線電話が鳴った。

「はい、リーラです」

『リーラちゃん。悪いんだけど、どうしても今日見てもらいたいっていう方がいらっしゃってるんだけど、無理かしら？』

いつも予約のお客さんで埋まっていることが多いが、こういうこともままある。特に予定もない場合は引き受けることにしている。

なんといってもわざわざ時間をかけて私の元に来てくれているのだから、店に迷惑をかけない限りは占うようにしている。

「どうぞ。片付ける前でよかった」

『じゃあすぐにそちらに向かっていただくわね』

「はい。お願いします」

私が座って待っているとカーテンの向こうに人の気配を感じた。

「中へどうぞ」

「失礼します」

ずいぶん若い男性の声だ。そう思い、顔を見て驚いた。そして慌てて顔を逸らし、ベールをより深くかぶる。

心臓がドキドキと音を立てる。脈拍が早くなり手のひらには汗をかいた。パニックになってしまい顔が赤くなる。

うそ、なんでよ！

入ってきた男性を見た瞬間、私はこの仕事を始めて以来これまでないほど焦った。混乱するのも無理もないことだと思う。だってそこに立っていたのは、私が勤める会社【土岐商事株式会社】代表取締役副社長、土岐可也斗氏だったからだ。

見間違えることなどありえない。彼は町ですれ違うだけでも目を引くような美丈夫だからだ。背はすらっと高く一八〇センチ以上はあるように見える。長い手足で、おそらくオーダーメイドであろう、スーツを着こなす姿は、遠目に見ても彼のスタイルの素晴らしさを感じさせる。

それに加えて、整った顔立ち、少し長めの前髪の間から覗く凛々しいこげ茶色の瞳。スーッと通った高い鼻梁。形のいい少し薄い唇。それが神の采配のごとくバランスよく並んでいる。まさに神業。

そのうえ、その容姿だけでなく、まとう雰囲気もエグゼクティブそのもの。その立ち居振る舞いは、ともすれば嫌悪感さえ抱かれそうなほど堂々としたものだ。しかし実際には、彼に負の感情を抱くよりも憧れや羨望のまなざしを向ける者の方が多い。土岐可也斗という人物は、そういう選ばれた側の人間なのだ。周囲もそして彼自身もまたそれを事実として受け入れている。

そんな彼がなんで、どうしてこんなところに？

パニックになってしまい、考えても仕方のないことばかりが頭に浮かんでくる。しかし彼は中に入って来ると「ここに座ったらいいのか？」と聞いた。

「はい！　どうぞおかけください」

無駄に大きな声で返事をしてしまった。

いけない。落ち着いて。

私は自分に言い聞かせてベールの中で大きく深呼吸をした。

大丈夫。このベールがある限り私の素顔は見えないし、たとえ顔を見られたとしても副社長が一般社員の私の顔まで覚えているはずがない。

その考えにたどり着いたら、途端に開きなおれた。私はピンチになると変に度胸がよくなる性格だって、昔親に言われたことがある。

彼は椅子に座って、黙ったまま私の方を見ていた。

「ようこそ。お悩みをどうぞ」

「ふーん。無駄な話はしないってところ、好感持てる」

彼が不敵に笑ったように見えたのは気のせいだろうか。しかしそれを気にしている場合ではない。彼の悩みを聞き、占わなくてはならない。

「お話は相談中にしっかり聞きますので、安心してください。まずは大きく呼吸をして、それから思いつくままあなたの悩みを言葉にしてください」

他のお客さんと同じセリフで占いを始める。そうすることでいつもの自分のペースに持っていく。タロットを混ぜ始めると心が落ち着いてきた。

「俺の欲しいものが手に入るかどうか占ってほしい」

「なるほど、それはどういったものですか？」

「それを占うのが君の仕事なんじゃないのか？」

ニヤッとこちらを見て笑った。それを見て、彼が今日ここに来た意図がわかったような気がした。

本当に困ってなんかないんだ。目的はわからないけれど、冷やかしで来たのは間違いない。

ここではっきりと「占えない」と言ってお引き取りいただくのもひとつの選択肢だが、私はそうしなかった。

その挑戦、受けて立ちます！

自分の腕が試されていると思うと断りたくなかった。こういうときにだけ出る負けん気の強さは自分でも不思議で仕方ない。

彼ににっこりと笑顔を向ける。

「おっしゃる通りです。では始めましょう」

私の返事に、彼が面白いものでも見るような笑顔を返してきた。

いつもの手順と同じようにシャッフルして山を作る。そして彼の表情を見ながら尋ねた。

「好きな数字をどうぞ」

眉（まゆ）を少し動かした彼が「一」と口にした。

一番が好きってこと？　もしそうだとしたらちょっとかわいいかも。

そう思ったのも一瞬で、私はすぐに占いに集中した。彼の言った通り一枚目のカードから順番に並べていく。

彼は、私が選んだカードをすべて表にする様子を黙ったまま見ていた。出そろったすべてのカードを眺める。

「で、どうなの？　手に入る、それとも入らない？」

「そう焦らないでください。もうここに結果は出そろっているんですから」

私の言葉に彼は素直に従った。

本来ならば、この時点で相談の内容を詳しく聞いているので、カードから伝えられるメッセージを深く読み取ることができる。

しかし今回はそもそもの情報が少なすぎる。自社の社長であるからかろうじて名前と彼の職業はわかるがそれだけだ。それがわかるだけでも、何も情報がないよりは幾分ましだけれど。

私はタロットの意味を丁寧に読み取り、彼に伝えた。

「まずあなたの今欲しがっているものは、形のあるものではない。たとえば、権力や地位、誰かからの愛情といったようなもの。かなり長い間欲していたようですね」

「まぁ、そうだな」

彼がわずかに眉間に皺を寄せた。返事の感じからも見当違いの結果ではなかったようだ。第一関門突破。

「それは手が届きそうなところまできているのに、邪魔されて手に入らない。【カップの3】のカードがそれを表しています。モノやお金が理由ではなく、人……人間関係に難が出ていますね」

「まあ、権力や地位を欲しているなら、邪魔になるのは人間ってパターンはよくあることだよな」

確かにそうだ。私が適当によくある話をしていると思われても仕方ない。

「ここに障害として出てきている人はライバルと見るとして、他にこの周囲の状況を表すカードにも人が出てきています」

副社長の表情を伺うが表情に変化はなかった。とりあえずそのまま話を続ける。

「これはあなたの協力者とみることができます。この方が迷っているとの暗示が出ていますね。そしてあなたは、この方の心の変化に対して警戒心や不快感を抱いている」

彼の目が一瞬鋭くなる。占いの結果に反応したので、そこから会話を膨らませることにした。相手から話を聞いた方がよりよいアドバイスができる。

「心当たりはある」

「そうですか……そしてここのあなたの状況を表す場所に【月】の正位置が出ています。これはあなたが誰かに対して不信感を抱いているということ。その相手がこの協力者なのですね」

私の問いかけに彼は一瞬唇をきゅっと結んだ。それから悔しそうに口を開く。

「確かにその通りだ」

「なるほど……でもこの不安はあなたが一方的に感じているだけかもしれませんよ。相手の気持ちを占ってみますか？」

「ああ」

すんなり受け入れてくれたのでほっとした。

最初は「受けて立つ！」なんて意気込んでいたけれど、話を聞いて占うと、親身に彼の置かれた状況を改善できればと思う。職業病みたいなものだ。

私は再度タロットを混ぜて山を作る。

そして彼にカードを引いてもらう。今回は相手からの情報が少ないので、彼自身が選んだカードで占ってみることにした。

「では、こちらから三枚引いて順番に置いてください」

「俺が引くのか?」

「はい。お願いします」

最初は驚いていたけれど案外素直に応じてくれたので、彼の様子を黙って見る。そしてそれを一枚ずつめくってもらった。

私は彼の選んだ三枚のカードを見て結果を読み解いていく。

「たった三枚でいいのか?」

「はい。少ない方がわかりやすいこともあるんです。まずはこのカード。相手の方の、過去のあなたに対する感情を表しています」

「で、なんて出てるんだ?」

占いの結果に興味が出てきたのか、態度がわずかながら軟化(なんか)してきたように思いつつ、私はそのまま話を続けた。

「過去のこの方はあなたをかわいがっていた。そして現在は大切に思っているけれど、不安を感じているよう。あなたの他人に対する厳しさや頑固なところ。周りとの軋轢を生みやすい性格を心配しているようです」

「は？　誰がそんなこと頼んだんだよ」

髪をかき上げて不満そうにため息を漏らす。しかし彼はすぐに冷静になった。

「あぁ、悪い。君に問題があるわけじゃない。続けて」

「そして近い将来は……【カップの2】。心が通じ合うとか相互理解とかいう意味合いのカードですね」

それまで興味なさそうにしていた彼の意識が私に集中した。黙ったまま、私の話を聞いている。

「この方がどういう方か存じませんが、決してあなたの邪魔をするような人ではないです。どちらかといえば味方と言えます」

「それはわかってるんだ。ただ今になってどうして急に態度を変えるのかっていう思いが俺にある」

ため息をついた彼は長い足を組み替えた。

「そうですか。それが最初の占いで出た、相手に対する〝不信感〟なんですね」

「……ああ、そうだな」

素直な返事があって意外だった。

ここに相談に来る人の中には占いの結果を頑として認めない人もたまにいる。最初の印象が悪かったせいか、彼もそういう人たちと同じだと思っていた。最初から私の占いを否定するつもりで来ているものだと思っていたのだ。

「協力者の方との関係が改善すれば、あなたの欲している本当に大切なものが手に入るでしょう」

結論は出た。これ以上、占うことは彼も望んでいないだろう。

「本当に大切なもの……な」

小さな声で呟いた彼は私の方を見て小さく笑った。その顔がすごく穏やかで驚いた。

「では、今日はこれで。お支払いは受付でお願い――」

「おい。まだ終わってないぞ」

「え？」

規定の時間も過ぎている。彼の様子からはもうこれ以上占いを続ける必要などなさそうに見えるのだが。

「今度は俺の番だ」

「俺の……番？」

意味がわからなくてオウム返しになってしまった。

「それって、あなたが占うってことですか？　私を？」

「ああ、俺が占ってやる」

この人は一体何を言っているの？

今までたくさんの相談を受けてきたけれど、こんなことを言い出す人はいなかった。

どうやって今の状況から逃げ出せばいいのか。おとなしく彼の占いを受ければ、彼は満足して帰る？

「あの、私は……」

パニックになってどうすればいいのかわからない。しかし戸惑っている私をよそに彼は平然と背もたれにもたれたままで、すらすらと話を始めた。

「春日井紫織　二十六歳　土岐商事株式会社総務経理部所属。勤務態度はいたって真面目」

「な、なんで！」

驚いて目を丸くする私に構わず、彼は得意げに話を続ける。

「仕事は速く上司からの信頼は厚いが、締め切りや経費の利用については厳しく、同僚からは少々煙たがられることもある。実家暮らし彼氏はなし。週末は占いの館で占い師【リーラ】として勤務している」

「そんなの！　占いでもなんでもないじゃない。騙すようなことするなんてひどい」

私が自分の会社の社員だってわかってやって来たってこと？　最悪。

私は相手が自社の副社長であることも忘れて、不満をあらわにした。

「まあ、そう怒るな。別に騙していたつもりはない。興味があったから占ってもらった」

「でも――」

「とにかく今日は、仕事の依頼で来たんだ」

私の抗議の声などまったく気にせずに自分の話を始める。

「仕事の依頼ですか？　占いの？」

「当たり前だろう。ここで経理の依頼してどうするんだ」

それはそうだけど……。何か思惑がありそうで警戒する。すぐに返事をしない私の態度から警戒心が伝わってしまったようだ。

「そんな不審がるな。占ってほしいのはうちの会長。それでもって、その人がさっき言っていた俺のことを心配している人物だ」

土岐商事の会長、土岐弘子は副社長の祖母だ。すでに現役から退いているが、会社では絶対的な権力を持っている。

「え、そうだったんですか。あ、もしかして会長の副社長に対する気持ちを変えさせるために、私に占いをしろって言うんですか？　そんなことできないですから」

「落ち着け。ちゃんと話を聞けよ」

「はい……」

確かに興奮して先走りすぎていた。

「会長は昔から占いが好きで、どうやらＳＮＳで君の噂を耳にしたらしい」

「え、会長がＳＮＳ？」

確かお年は七十歳近いのではなかっただろうか。ＳＮＳを利用されているとは意外だ。

「そうだ。それでこの占い師にどうしても占ってほしいと」

確かに、ここ最近お客さんが増えた。それはインフルエンサーと呼ばれる影響力のある女性が、私のことをＳＮＳに投稿したのがきっかけだった。

その情報を会長も見たのかもしれない。

「それはありがたいことですが、お断りします。私に会長を占うなんて無理です」

「どうして？　金はいくらでも出す」

「そういう問題じゃないんです！」

会長を占うだなんて、もし不興を買ってしまったら、今後会社で生きていくことができなくなってしまう。

副社長は向こうからやって来たから仕方ないが、会長まで占ってわざわざリスクを冒す必要なんてない。

「そういう態度か。まぁいい。春日井さん、副業のことは会社には？」

「え、言ってないですけど。でも、そもそもわが社は副業が認められているはずですが」

この仕事をするにあたって就業規則を調べた。ちゃんと副業がＯＫだと確認している。

「確かにわが社は副業を認めている。ただしそれには届け出が必要だ」

「え？　だって、私が調べたときはそんなものなかったはずです」

就業規則なら社員は全員閲覧できるようになっている。出勤前や昼休みに読みこんだのに、そんな記載はなかった。

「附則までは確認してないようだな」

「附則ですか？　あっ」

指摘された通り安心しきってそこまで確認していなかった。私のミスだ。副業が許されると知ってうれしくなってしまったせいだ。

「仕事はできると聞いていたが、まだまだだな」

その通りで、言い返す言葉もない。

「すみません。週明けに提出します」

「速やかに提出する姿勢は認める。しかしこれまでの副業については無届けであったわけだ」

鋭い視線が私に向けられた。その通りなので反論することはできない。

「確かにそうです。申し訳ございません」

「それに今日、君は俺の秘密を知った」

「それについては誰にも話しません。私にだって占い師としてのプライドがありますから」

仕事には真摯に向き合っている。占いで知り得た内容を外部に漏らすだなんてありえないことだ。

それに副社長が自分から私に話をしてきたのに……。そう思うけれど、ここでそれを言うと火に油を注ぎかねない。ここは黙っておくべきだ。

「それを信用しろと？」

頷く私を見て、彼は心底意地悪な笑みを浮かべた。

「そんな口約束、誰が信用する？　少なくとも俺は信じられない」

「そう言われても……」

「社員の就業規則違反を見逃すわけにはいかない。それは理解できるな？」

「はい」

何らかの処分が下されるのかと思いびくびくしながら答える。

「クビも覚悟だと？」

「え、そんな！」

まさかそんな重い処分が下されるとは思っておらず焦る。

「ただ就業規則に違反したというだけじゃない。君は俺の秘密も握っている。俺にとって不都合な話にして吹聴することだって考えられる」

「そんなことしません」

「そう言って、何度も裏切られてきた。信用できない」

そんな……。でも、人から裏切られるつらさは私にもわかる。だからといって、こんなふうに人を疑ってばかりでいいわけじゃないけど。

「俺の欲しいものは、社長の座だ。今の土岐商事を大きくできるのは俺だけだと自負している。ただ祖母が急に難色を示し始めたから少し機嫌を取っておきたい」

「またそうやって、信用できないのに秘密をどうして私に話しちゃうんですか⁉」

またも相手が副社長ということも忘れて、いつもの自分が出てしまう。

「それはもちろん、俺の依頼を引き受けてもらうためだ。ここまで秘密を知ったんだから協力してもらう。そうでなければ、処分を――」

「それだけは考えなおしてください」

もし会社をクビになってしまったら、両親に心配をかけてしまう。

土岐商事に就職できたとき、両親はものすごく喜んでくれた。占いだけで食べていくことも考えたけれど、収入が不安定な仕事だ。両親は難色を示した。

五年前にも迷惑をかけたのだから、これ以上両親に心労は与えたくない。

「だったら、おとなしく会長を占えばいい」

「……脅すなんて、ひどい」

恨み言を口にしても、相手はどこ吹く風だ。

「俺は使えるものはなんでも使う。自分の身を守りたいなら、それをしっかり覚えておくことだな」

「はい……」

そんなこと知ったところで私にはなんの得にもならない。ただ恐怖なだけだ。しかし短く返事をすることしか許されない雰囲気だ。

それでもどうしても彼に言っておきたいことがある。私は姿勢を正して彼に向き合い、真剣なまなざしを彼に向けた。

すると向こうも私の雰囲気が変わったのを感じ取ったのか、きちんと私に向き合ってくれた。

「ひとつだけ、どうしても譲れないものがあります」

「なんだ」

案外ちゃんと話を聞いてくれて、ほっとする。

「私、占いの結果に対してうそはつきません。それがたとえあなたや会長にとって不都合なものだとしてもです」

「会社をクビになるとしても、か？」

「もちろんです。それならば、クビにしていただいて構いません」

まっすぐに副社長の顔を見て伝えた。これだけは譲れない。自分の人生に後悔したくない。

「わかった。もとよりそんな理不尽な依頼をするつもりはないからな」

私は彼の言葉にほっとした。強引だけど話をすればわかってくれるのだと思い、少し見直した。

「そもそも俺は占いなんて信用してない」

腕を組みながらそう言ったけれど、さっきは私の話を聞いてちょっとびっくりしていたくせに。

もちろん口にも顔にも出さずに心の中にとどめておく。

「それにたとえ結果が悪かったとしても、そんなもの俺の手にかかればどうでもいい。未来は全部俺の手の中にあるんだからな」

ここまで自信のある人間を見るのは久しぶりだ。けれど彼ほどの人ならばそう思うのが当然なのかもしれない。それに……そう思うことで今の彼自身が出来ているような気がする。

人間というものは色々な側面を持っているものだから。人の悩みに触れる機会が多い私は、それを嫌というほど知っている。

「本来占いというのは、そういう考えの人に合っているんです。結果が悪ければその未来を変えるべく動く。よければまたそれもそうなるようにする。当たるも八卦当たらぬも八卦です」

「それはへっぽこ占い師の逃げ常語（じょうご）じゃないのか」

呆（あき）れた様子の副社長だったが、すぐに立ち上がった。

「これが俺の連絡先だ。日程が決まったら連絡する」

名刺（めいし）を差し出されて、両手でありがたく受け取った。まさか自社の副社長の名刺をいただくことになるとは思わなかった。

「私の連絡先を？」

「俺が知らないと思うか？」

そうか、どうとでも調べられる立場にある人だった。

「それって犯罪ですよね」

「君が会社に届け出ているものだ。なんら問題ない」

平然と言ってのけた彼に、これ以上返す言葉もない。

部屋を出ていく副社長の背中を見つめる。

なんだか、とてつもないことに巻き込まれた気がする。どっと疲れが出て椅子の背にもたれかかって大きなため息をついた瞬間、彼がくるっとこちらを向いて、私は驚き姿勢を正す。

「ああ、それと。絶対にうそはつきたくないという君の考え方。嫌いじゃない」

それだけ言い残して部屋を出ていった。

「ありがとうございます……って、もういないじゃない」

私の返事は彼に届いていない。

最後の最後にとんでもない依頼を引き受けてしまった。私は大事な商売道具のタロットを避(さ)けて机に突っ伏した。

「もう、本当……なんでこうなるの」

私のむなしい呟きが、部屋の中に響いた。


もしかしたら夢かもしれない。

そんなふうに思って過ごしていた二週間後。

彼からの連絡は突然あり、私はこれが現実だと思い知らされた。

用件だけ告げる電話は、私の返事など待つことなく切れてしまった。自分勝手にもほどがあると思いつつも、就業時間や、占いの館の勤務時間ではない時間帯を指定してくれているのをありがたく思う。もちろんただの偶然かもしれないけれど。

「はぁ。でも緊張するなぁ。だって会長だもん」

これまでは年始の挨拶をリモート会議で聞く程度で、お会いしたことがないどころか、ご本人は会社の仕事から退いているので実物を見かけたこともない。

現社長は会長の息子土岐光春氏、副社長の土岐可也斗氏からみると叔父にあたる人が務めている。

そしておそらく彼が欲しいと言ったものは土岐商事の後継者の立場。現在の光春氏の跡を継ぎたいということだろう。

いくつも大きなプロジェクトを成功させてきた実績などから、次期社長は順当に行けば副社長が有力だと上の人が噂をしていた。実際に彼自身もそう信じて疑っていなかったようだ。けれど会長である彼の祖母がそれに難色を示している……きっと何か理由があるのだろうけど……。

ダメダメ、変に首を突っ込むべきではないわ。もうこれ以上振り回されるのはごめんだもの。

ただ会長を占うだけ。会社の跡継ぎ問題に巻き込まれでもしたら、それこそ神経がすり減ってしまいそうだ。

占ううえで情報は必要だけど、余計な情報は逆に占いを見誤る可能性をもたらす。

私はできるだけフラットな状態を保って当日の土曜日を迎えた。

さすがにリーラの姿で自宅を出るわけにもいかず、私は一度占いの館に寄って着替えを済ませた。昼から営業する占い師もいるので、館内は静かだけれど人は多かった。マキちゃんに更衣室を借りると許可を得て、私の営業時間である夕方には戻って来ると伝えた。何も聞かずに「了解～」とだけ答えてくれるのがありがたい。

少し化粧が濃くなったかも。

緊張のせいかいつもよりも時間がかかってしまった。その分丁寧になったせいか、いつにもまして紫織とはかけ離れた華やかな顔になる。

さすがにベールを着けてタクシーに乗るわけにはいかないので、代わりに黒髪ストレートのウィッグを着けてタクシーに乗り会社に向かった。

いつも通りエントランスに向かい、社員証をバッグから取り出した。ゲートをくぐるときにかざさないといけないからだ。しかし次の瞬間右手を誰かに引っ張られた。

「えっ？」

振り向くとそこには副社長が立っていた。

「わざわざ迎えに来てくださったんですか？」

驚いた私の質問に、副社長は呆れた顔をした。

「なぁ、お前は自分のことを占い師リーラだって隠しておきたいんだよな？　だったら春日井紫織の社員証で中に入ったらダメだろう？」

「あっ！」

そこで初めて気が付いた私を見て、副社長は髪をかき上げてため息をついた。

「大丈夫なのかよ、マジで」

「すみません。ご迷惑をおかけして」

不安そうに私の顔を見る副社長に頭を下げた。

彼の言う通り、わざわざ占いの館で着替えてリーラになってきたのに、いつも出勤しているのと同じようにふるまっていては、変に思う人も出てくるかもしれない。土曜日の午前。会社は休みだがそれなりに社員が出社している。気を付けなければいけない。

「いいから待ってろ」

副社長は受付で入館証を受け取り、【ゲスト】と書いてあるそれを私の首にかけた。

「行くぞ」

「あ、はい」

エレベーターに乗り込み、彼が最上階のボタンを押した。役員専用のエレベーターに乗るのは初めてのことだ。

「あの、会長にお会いする前にベールをかぶりたいんですけど、いいですか？」

おそらく私の顔など知らないに違いないけれど、念には念を入れて顔を隠した方がいい。

彼はポケットに手を入れ、変わっていく階数表示を見たまま口を開いた。

「好きにすればいい。あれ、そんなに大事なのか？」

「形から入るタイプなんです」

呆れたような視線を向けた後、彼が少し口元を緩めた。

本来ならば副社長に対して、こんな軽い口調で話をするなんてもってのほかだ。

しかし前回も同じような口調で話してしまっている。それをとがめられないので、リーラでいるうちはそのままでいかせてもらうことにした。

「単純な思考でうらやましいよ」

「ありがとうございます」

なんと言われようと、いつもの格好の方が集中できるのは確かだ。占い師としてよりよい仕事をするのが一番大切なことなのだから。

あと念のため、大切なことをもう一度確認しておく。

「私、決して都合のいい占いはしませんから」

「それがお前の信条なんだろ。理解しているからまぁ、せいぜい祖母の相手をしてやってくれ」

その言葉を最後に彼は口を閉じたので、私もそれ以上は何も言わなかった。

会長の待つ部屋に案内される前に、化粧室でベールをかぶる。目の前には完璧にリーラになった自分がいた。

「大丈夫。いつも通りにすればいいだけ」

私は深呼吸をして化粧室を出ると、廊下で待っていてくれた副社長に声をかけた。

「お待たせしました」

副社長は頷くと、目の前にある扉をノックした。緊張していないと言えばうそになるけれど、それでも私はリーラとしてしっかりと胸を張った。

ライトベージュを基調にした部屋は、そう広くはないがとても明るい。窓際にある観葉植物が日の光を浴びてうれしそうにしている。

ソファに座っていたお年を召した女性がゆっくりと立ち上がった。

土岐商事の現在の会長である土岐弘子氏だ。はっきりとした年齢はわからないが、確か七十代のはず。しかし目の前にいる女性はそんな歳には見えなかった。

髪は黒々として手入れが行き届いており、色白で、近寄らなければ皺やシミを見つけることができない。優雅に微笑む姿からは気品を感じる。

「よくいらっしゃってくれました。リーラ先生」

先生……ときどきそう呼ばれることもあるが、いつも身に余る思いがする。

「先生なんて恐れ多いです。結果を導くのは私ではなくタロットですから」

「あらあら、謙虚なのね。ますます占ってもらうのが楽しみだわ」

会長はうれしそうに顔をほころばせた。そして用意してあるテーブルに私を案内した。

「こちらを使ってくださいね」

「はい。では少し準備をしますので、お待ちください」

用意されていたのは丸いテーブル。そこに私は持ってきた紫紺のベルベットの布をかぶせた。そして次に、昨夜セージで浄化したばかりの愛用のタロットを取り出す。

会長はその様子を興味深げに眺めていた。本当に占いが好きなのだと伝わってくる。

一方副社長は少し離れた壁にもたれ、腕組みをしてこちらを見ていた。こちらは興味があるというよりも、監視という単語の方がしっくりくる。

「では、こちらにおかけください」

向かいの席に会長に座ってもらい、私も座ってベール越しに会長の目を見た。

「では、始めましょうか。あの方は部屋にいてもよろしいのですか？」

　私はタロットを左に混ぜながら、副社長に相談内容を聞かれてもいいのか確認する。普通は相談者とふたりっきりで占うことがほとんどだからだ。

「あれは孫だからいいの。早速話を聞いてくださる？」

　私は頷いた後、会長の話に耳を傾けた。

「今年のシャークス優勝するかしら？」

「え？　シャークスってあのプロ野球の球団の、ですか？」

　突然思ってもみなかった単語が飛び出してきて、面くらってしまった。きっとマヌケな顔をしてしまっているに違いない。

「そう。私ね、昔から大ファンなのよ！」

　確かに、彼女が手に持っているスマートフォンにはシャークスの公式マスコットのサメ衛門の根付が揺れている。

「わかりました。占ってみましょう」

「本当に大丈夫なの？」

「はい。ただ望み通りの結果が得られるとは限りませんが」

「それが答えなら潔く受け入れるわ」

会長はゆっくり頷いて、カードをシャッフルする私の手元を興味深そうに覗いた。

いつもと変わらずタロットを混ぜて山を作る。

そこから、依頼された内容を思い浮かべながらカードを一枚選んだ。そしてそれを表にした。

「【愚者】の逆位置のカードですね。これは……」

「ちょっと待って、一枚だけで占うの？」

軽く目を見開き驚いた様子の会長に、私は頷いた。

「はい。ワンオラクルといいます。今回のように質問の内容が明確な場合にはとてもわかりやすく結果を示してくれます」

「あら、そうなの。口をはさんでごめんなさいね。続けて」

私は会長に言われた通り、占いの結果を伝えた。

「本来このカードが持つ意味は『自由』なんです。それの逆位置。しばらく先の見えない状態が続きます。そこから目を逸らさなければ今季の優勝の可能性もまだないわけではありません。チームが現状を把握して今の問題点に目を向けることができれば、おのずと結果は出てくるでしょう」

「なるほど……やっぱり今年はいまいちなのね」

会長は顔を曇らせた。

「やっぱりってことは、現在も不調なのですか？」

「あなた野球にまったく興味がないのね」

「はい。申し訳ありません」

「いいのよ、先入観なしに占ってもらった方が占いの腕がよくわかるもの」

確かに事前に情報を入れる方が占いやすい。しかしそれが占いに悪い影響を及ぼすこともある。なかなか難しいところなのだ。

占い好きだというだけあり、どうやら今のは私がどれだけできるのか見極めるための質問だったようだ。

「でもあなた、私のご機嫌とらなくていいの？　そのために可也斗にここに連れてこられたのでしょう？」

どうやら副社長の魂胆はすでに見破られているようだ。ちらっと彼の方を見たが、動揺する様子もなく腕を組み壁にもたれたままこちらを見ている。

「確かに可也斗氏から依頼を受けましたが、占いの結果を捻じ曲げるよう指示をされてはいません。タロットの意志を伝えただけです。そもそもうそをつかせるつもりで依頼されたのなら、私はこの場に来ていませんから」

私も最初は会長のように、彼が会長の機嫌を取るために、占いの結果を捻じ曲げてほしいと言い出すと思っていた。しかし実際には彼はそんなことは一度も口にしなかった。

「あらそう。公斗みたいに、怪しい占い師を連れてきて自分を跡継ぎにしたらうまくいく、なんて言わせると思っていたわ」

「アイツと一緒にするな」

それまで黙っていた可也斗さんが不機嫌そうな声を出す。

「あら、それはごめんなさいね。あっ、公斗って言うのは可也斗の従兄弟ね。うちの会社の社長の息子」

「ああ、そうなんですか……」

確かこの会社ではなくて子会社に出向していると聞いている。彼もまたかなりのやり手のはずだ。

「公斗は手段を選ばないタイプなのよ。この先大きな失敗をしなければいいけど」

どうやら可也斗さんのライバルはもっぱらこの従兄弟の公斗さんのことらしい。

知りたくないと思っていても、こうやって情報が入ってきてしまう。占い師のリーラにだから話をしているのだろう。私がこの会社の社員だということは絶対にバレないようにしなくちゃ。

「ただのバカだろ」

公斗さんの話が出てきて、副社長はあからさまに不機嫌になる。

「それであの子はあんなにかわいげがないでしょう？　昔はどっちの孫もかわいかったのにね」

会長は残念そうに小さく笑って見せた。その表情の中に複雑な感情が見て取れた。

「会長はどちらのお孫さんも大切に思っていらっしゃるんですね」

「そうなの。でもその孫たちにつらい決断をしなくてはならないのよ」

はぁとため息をついて、会長はちらっと可也斗さんの方を見た。

「別に正当な評価をすれば、俺以外の選択肢はないだろ」

「あら、そういう態度が心配なのよ」

祖母と孫の言い合う姿を黙って見守る。

こうして見ていると、会長が副社長のことを今も大切に思われているのは間違いない。しかし後継者にするにはまだ何か足りないものがあるのだろう。

副社長は間違いなく仕事はできる。それにカリスマ性もあるし、もちろん部下を引っ張っていくリーダーシップだって持ち合わせている。けれどそれだけじゃダメなのだろう。会長には何かお考えがあるに違いない。

私みたいな経営に縁のない人間が考えても、ちっともわからないけれど。

「あら、やだ。他にも占ってほしいことがあるの。まだ時間いいかしら？」

「はい、どうぞ」

会長は次々と悩みを打ち明けた。そのどれも深刻なものではなく、失くした万年筆が見つかるかというような内容のものだ。

私の占いの結果を聞いては「あらそう」と軽く返事をするだけ。

ずいぶんあっさりとしてるなぁ。

私のお客さんに多いパターンだと、悪い結果だともう少し深く占ってほしいとか、やりなおしてほしいと言う人も少なからずいる。こんなふうにいい結果も悪い結果もそのまま受け入れる人は珍しい。

しかし最後に、会長がどうして続けざまに占いをさせたのかがわかった。

「あなたの占い、私は好きだわ」

「好き……ですか？　どうしてですか？」

占い師にとって「よく当たる」という褒め言葉はあるが「好き」となると今まで一度も言われたことがない。

だから思わず意図を尋ねてしまった。

「正直なんだもの。私の立場や顔色を見ないで結果をそのまま伝える。けれどその言葉は丁寧だし、結果が悪いものでも悲観的にならないようなアドバイスもしてくれる。人気が出たのも納得だわ」

まさかそこまで褒めてくれるとは思わず、照れくさくなった。

「あの、ありがとうございます。これからも頑張ります」

ありきたりの言葉でお礼を言うことしかできなかった。

心配していたけれどとてもいい雰囲気で安心した。

ところが。

「じゃあ最後に、会社の今後のことについて尋ねてもいいかしら？」

まさか最後の最後に、この質問が来るとは思わなかった。ちらっと視線を副社長の方に向けたが彼の態度は変わらないままだった。

そのとき、部屋にノックの音が響いた。

「ちょっといいかしら」

「どうぞ」

会長は私に断ってから、訪問者を中に入れた。

この人……。

どこかで見たことがある。そうだ、確か。

「あら、公斗。突然どうしたの？」

そう、この人こそ副社長のライバルである土岐公斗氏だ。副社長ほどではないが、こちらも背が高く整った顔立ちをしている。メタルフレームの眼鏡（めがね）の奥の鋭い瞳の印象から、少し近寄りがたい空気を感じた。

それまで壁にもたれたままだった副社長が一歩こちらに近づいた。

「何しに来た？」

「ああ、可也斗いたのか？」

部屋に入って来た時点で視界に入っていたはず。それなのにいないみたいに言うなんて、そんなところにもふたりの仲の悪さが感じられた。

「あいにく、会長は今俺と面談中だ」

副社長は鋭い視線を相手に向けた。

「可也斗と面談ではなく、その胡散臭（うさんくさ）い占い師と話をしているようだが」

相手は私の方を一瞥（いちべつ）しただけでそう言った。

胡散臭いですって？

確かにこんな格好をしているけれど、自分の占いに関しては誇りを持っている。いい加減な占いをしたことは一度もない。

顔が引きつったがベールのおかげで相手には見えていないはずだ。やっぱり身に着けてきてよかった。

私は表面上は感情を表に出さず無言を通した。

「俺が紹介した占い師だ」

「どうせ自分に有利になるように、占い結果を金ででっち上げたんだろう？」

「お前みたいなこと、誰がするかよ」

「何っ？」

どうやらこのふたりが犬猿（けんえん）の仲だというのは間違いないらしい。私はこれ以上巻き込まれるのを防ぐために黙ったままふたりの様子を見守る。

会長が困ったようにため息をついた。

「はぁ。もうふたりとも、みっともないことはおよしなさい。公斗、見てわかるように今お客様がいらっしゃっているの。だからあなたの話はまた今度でよろしくて？」

会長の言葉に公斗さんは「わかりました」と不満げに答え扉に向かう。

部屋を出ていく間際に、公斗氏は鋭い目で副社長をにらんだが、彼はまったく気が付かないふりをして無視を決め込んだ。

「孫たちがごめんなさいね。お詫びと言ってはなんだけど、少しお茶に付き合わない?」

「え、はい」

断れない雰囲気だったので、頷くしかなかった。

会長がどこかに連絡をするとすぐにアイスティーとお菓子が応接セットの前に並んだ。

私は場所を移動していただくことにした。

香りのよいアイスティーを飲む。自分が思っていたよりも喉が渇いていたのか、とても美味しく感じた。ベールを使用していても飲みやすいようにストローをつけてくれてありがたい。

「ねぇ、リーラさん、あなたはどうして占い師をしているの? 天職だとは思うけれどきっかけが何かあったのかなって」

会長の何気ない質問に、私はドキッとしてしまう。そして過去を思い出し胸が痛くなった。

「それは……過去の罪滅ぼしでしょうか」

「あら、それは……」

室内の空気が気まずくなる。私は慌てて笑顔を作った。

「まぁ、ちょっと大げさに言いました。ごめんなさい」

「あら、そうだったの！」

会長も笑顔になり、どうにか場の雰囲気が和む。

「呑気そうなこいつにも、何か事情があるんだろ」

黙ったままだった副社長が助け舟を出してくれた。言い方は、あんまりだけど。

「あら、可也斗。あなたリーラさんのこと、よく知っているみたいな口ぶりじゃない？」

まずい。会長には私がこの会社の社員だということは知られたくないのに。ベールの中からちらっと副社長を見ると私の気持ちを理解してくれたようだ。

「なんとなくだよ、なんとなく。で、今日はもう満足したのか？」

話を切り上げてくれてほっとした。

「ええ。リーラ先生、今日はありがとうございました。最後に相談した悩みは、またご都合のいいときにでもお願いできるかしら？」

「はい、店もありますので頻繁には難しいかと思いますが、ぜひ」

社交辞令だとは思うけど、あまり時間が取れないことを改めて言っておく。そもそも私がリーラになるのは週末限定だし。

「人気ですものね。仕方ないわぁ」

残念そうにされている様子を見て、当初はどうなることかと思っていたけれどやはり来てよかったと思う。まぁ、だからといって、積極的にかかわりたいかと言われると、頷けないのだけれど。

アイスティーを飲み終わり、カードの片付けを終えた私は最後に会長に挨拶をすると、部屋を出た。

そして次の瞬間、その場に立ち止まり安堵のため息をついた。

「はぁ、よかった。無事に終わって」

「なんだ、そんなに緊張していたのか？」

副社長が笑みを浮かべて私をからかう。

「それはそうでしょう！　だって会長ですよ。粗相があったり、もし私が社員だってバレたりしたら、何かしらの問題に発展するかもしれないじゃないですか」

現に私は、副社長と従兄弟のまだ表沙汰になっていない跡目争いの事実を知ってしまい、なんとなくマークされるような立場になってしまった。

仕事をクビにされてはかなわない。詰めが甘かった自分の身から出た錆とはいえ、これからしばらくの間、副社長や会長には逆らえなくなるだろう。

「今日は公斗のこともあったし、すまなかったな」

まさか謝られるとは思っていなかったので、驚いた。

「あいつ俺が会長に占い師を会わせたから焦ったんだろうな。この俺があいつみたいに姑息な手を使うわけないのにな。バカなやつだよ」

「まあ、びっくりしましたけど。私は特に困っていないのでどうかお気になさらず」

「ならいいが。しかし、ばあさん、お前のことえらく気に入ってたな」

確かに思ってたよりもフレンドリーに接してくれて助かった。

「そうですか。とにかく無事に終えられてよかったです」

「また頼むなんてことを言っていたけど、そのときはよろしく」

「え、あれって社交辞令じゃないんですか？」

副社長は鋭い視線を私に向けた
「はい……その際は善処します」

返事はしたものの、聞くところによると会長には私の他にも顔見知りの占い師が何人かいるようなので、そう頻繁に呼ばれることはないだろうと思う。どうかそうであってほしい。

エレベーターが来て私たちは中に乗り込んだ。【1】のボタンを押してから彼に尋ねる。

「副社長は何階ですか？」

「あ、いや。一階でいい」

「わかりました」

今日は本来ならば休日。彼もこのまま帰宅するのかもしれない。

「なぁ、さっき言ってた占い師を始めたきっかけだけど」

「え、はい」

突然の話題で驚いた。彼も聞いていたはずなのに。

「罪滅ぼしって本当か？」

さっきは場の雰囲気が悪くなると思ってごまかしたけれど、お見通しだったらしい。

私は素直に頷いた。

「私、自分の占いで大切な人を傷つけてしまったんです。そのとき占い自体をやめてしまおうと思ったんですけど、それじゃあ何にもならないなって」

過去のことは変えられない。でも未来は変えられる。

「それに占い師をしていれば、いつか相手に会って謝罪することができるかもしれない。そういう邪な期待もあるんですけどね」

私が笑みを浮かべ彼を見ると、思いのほか真剣な表情の彼がいて驚いた。

「なぁ、過去にとらわれているのってつらくないか？」

「え、まぁ。そうですね」

突然話題が変わって驚いたけれど、私は素直に頷いた。

「それなのに逃げずにいるなんて、お前見かけによらず強いんだな」

「見かけによらずは余計じゃないですか？」

少しむっとして見せると、副社長は声を出して笑った。

「悪い。いや、確かにお前は占い師としては強くてしっかりしているな」

「ご理解いただければいいです」

私の言葉に、さっきまで笑っていたのに「生意気だぞ」と途端に軽くにらまれた。

そうこうしているうちにエレベーターがエントランスに到着した。

入館証を返却して、副社長が用意してくれていたタクシーに乗り込む。

「今から、仕事？」

「そうか」

「はい、館の方へ戻ります。副社長はオフですか？」

「いや、俺も仕事に戻る。今日は助かった」

ばたんとドアが閉まりタクシーが走り出した。

いつも見ている風景だが、車内から見るとまた違って見えた。そこで気が付いた。

もしかして副社長、わざわざ私を見送ってくれたのかな……。

そう思うとなんだかおかしくなってきてひとりで笑ってしまった。バックミラー越しに運転士さんと目が合い、恥ずかしくて無表情を作る。もちろん顔は見えていないはずだけど。

副社長って変な人だな。横柄で有無も言わさない態度のときもあれば、私のような相手にも細やかな気遣いを見せてくれる。

本当に不思議な人。でも嫌いじゃないかも。

そんな上から目線の感想を抱いていると、目的地付近でタクシーが止まった。

さぁ、今日も頑張ろう。

タクシーを降りて顔を上げると、私は次の仕事先である占いの館に向かった。マキちゃんに挨拶をして始まる、いつものリーラとしての仕事がスタートする瞬間だ。

第二章【月】探し物はなんですか？

副社長が私をリーラだと見破ってしばらくの間は、もしかしてもしかすると今になって処分が下されるかもしれないとひやひやしながら毎日を送っていた。

もちろんあの後副業の申請をして無事に許可は取ったけれど、あの副社長のことだから安心できないと思ったのだ。

けれどそれは完全なる取り越し苦労で、あれからというもの処分どころか連絡さえなかった。おびえていたのもつかの間、日常が戻ってきてほっとした。

いつも通り出勤して、毎日数字とにらめっこしながら日々を過ごす。週末だけはどんなことをしても残業しないようにして働いた。

そんなある日。営業部の事務職員の女性に声をかけられた。

顔色が優れない。向こうから話しかけてきたのに私と目を合わせようとしない。言いづらそうにしている態度から、何か悩みがあることが察せられた。ここはやはり占い師としてのカンが働く。

「もしかして、何か悩んでいることがありますか？」

周囲に人がいないことを確認して彼女に尋ねると彼女は小さく頷いた。

「わかりました。仕事終わりでよければお話聞かせてください」

連絡先を交換して私は自分の席に戻った。彼女——平山(ひらやま)さんの所属部署を確認すると第二営業部の補佐をしているようだ。私の二年先輩。顔を見かけたことがあった程度の彼女が私にわざわざ接触してきたのは、おそらく私の占いが当たると、社内の女子社員の間で噂になっているからだ。

副業で占いをしていることは副社長と総務部長、それと直属の上司の経理部長だけが知っている。けれど人の口に戸は立てられぬとはよく言ったものだ。休憩中などに軽く占ってあげた人から噂が広がったようで、ちらほら占ってほしいという依頼があった。

しかし会社でそういう噂が出てしまうと、本業(ほんぎょう)に支障(ししょう)をきたしてしまうかもしれない。それは避けたいので占いはあくまで趣味で、たまたま当たっただけだということにしてここ最近は申し訳ないなと思いつつ断っていた。

しかし今回の平山さんの悩みはかなり深そうだ。そんな人を前にしてばっさりと断ることができなかった。本当に思いつめていて、なんとか心を整理するために占ってもらいたいと思っている。彼女の態度を見てそう感じたのだ。

「はぁ……占いしたことは内緒にしてもらわないと」

　また噂が広がってしまうと困る。

　私はこの日も残業をしないように集中して仕事をこなし、彼女との待ち合わせ場所の、会社から一駅離れた駅前にあるカフェに向かった。

　私が到着したときにはすでに彼女は来ていた。私にわかりやすいように窓際の席に座ってくれている。

「すみません、お待たせしました」

　謝りながら荷物を空いた椅子に置いて、席に着く。

「こちらが急にお願いしたので。すぐに時間を作ってくださってありがとうございます」

　微笑んでいるけれど、うまく笑えていない。疲れの色が顔に出ているからそう思うのかもしれない。

　お互いの目の前にコーヒーが運ばれてきたのを合図に、私は彼女の話にゆっくりと耳を傾けた。

　なかなか言葉が出てこない彼女を急かさず、ところどころに相槌をはさむ程度にとどめる。彼女の場合、占いうんぬんよりもまずは話を聞いてほしいと思っているはずだからだ。

「私、好きな人がいるんです。でも……」

「うまくいっていない？」

彼女が小さく頷いた。うまくいっていれば当然悩みなんてないのだけれど、言いづらいことを代わりに言ってあげるのも話を聞くときに効果的なのだ。

「もしかしたら利用されているかもしれない。そんな気がして」

それから彼女は相手と自分のことを話してくれた。

出会いは社内。最初は信頼している上司というだけだったのだが、あるとき彼女のミスをかばってくれたお礼に食事に行くようになった。そこから男女の関係になるのにそう時間はかからなかったそうだ。

「そうですか。この段階でふたりの関係について占ってみますか？」

「え、はい。お願いします」

いつも通りカードをシャッフルして山を作る。そこから心を落ち着けてタロットを並べていく。

平山さんはその様子を黙ったままじっと見つめていた。一枚ずつカードをめくっていくと彼女はそれら一枚一枚を凝視（ぎょうし）する。

開いたカードを見て、私は彼女にどの言葉を使ってそれを知らせるのか判断する。

ここが一番大切なところだ。間違いは許されない。

「このお相手の方、もしかして既婚者では？」

彼女がハッと息を飲む。

やっぱりそうだったのね。

「この【太陽】の逆位置のカードがそれを示しているんです。【太陽】の本来の意味は喜び、それが逆になっているということは、その恋自体が不安定で喜べないもの、相手が信用できないなどが考えられます」

それと彼女から得た情報から、彼が既婚者であると判断したのだ。

「このお相手、社内の人でしたよね」

女性の目にうっすらと涙が浮かぶ。

「そう……です」

「それではこのカードを見てください」

私はカードの意味と、私の解釈を彼女にゆっくりと伝えていく。

「あなたがおっしゃっていた、彼に利用されているということですが……。あなたに対してかなり大きな秘密を持っていること、後は、彼はもともとお金にだらしない傾向があるので、あなたが利用されているという可能性も大きいと思います」

「お金……やっぱり」

彼女の顔から血の気が引いた。

「もしかして、お金を貸しているとか？」

彼女は唇を震わせた。

「でも最初だけで……私もそんなにお金持っていないから。でもあるときを境に彼がお金を貸してほしいということがなくなって。でもその代わりに……」

言いづらそうにしている彼女の言葉を待つ。

「変な伝票の処理を頼まれることが増えて――」

「それって仕事のですか？」

「はい。私なんだかだんだん怖くなってきて」

なんだかとても嫌な予感がする。きっと彼女もそう思って私に相談してきたのだ。

「いくら奥さんとうまくいってない、離婚の予定があると聞いていたからといって、既婚者と関係を持ったのは私が悪いんです。でも本当はそんなことしたくなかった。それなのに……」

感情が高ぶった平山さんの目から涙が零れ落ちる。

「私、これ以上自分のこと嫌いになりたくない」

その言葉が今の彼女の心の内すべてだった。

彼女もうすうす気が付いていたのだろう。声を押し殺して涙を流す彼女を見て、私はもう一度タロットを切る。

そして三枚のカードを選んだ。それは彼女の過去・現在・未来を意味するもの。私はあえて過去と現在のカードの意味は言わなかった。彼女が身をもって感じているのだからわざわざ言う必要はない。

「このカードを見てください。大切なのは最後の未来のカード。ここに【カップの8】の正位置が出ています」

「はい」

涙を拭きながらも、彼女は真剣に私の話に耳を傾けてくれる。ちゃんと伝えたい。伝えなくちゃいけない。

「このカードが意味するのは【変化】。今あるものとの決別、新しいものへと移り変わるという意味があります」

彼女がじっと私の目を見つめた。私も気持ちを込めて彼女を見つめ返す。

「タロットが未来を告げています。だからその未来に近づけるように、自分の行動を変えてみてください」

「はい……できるでしょうか」

「……そうですね。悔しいですけど、占いができるのはここまで。後はご自身がどうするかにかかってるんです」

占った相手の力になりたい。その気持ちに偽りはないけれど、その人の人生はその人のものだから、私にはどうすることもできないのが事実だ。だからこそ、伝える言葉に気を付けなくてはならない。

過去の過ちを繰り返さないためにも。

「占いの結果はあなたにとって、力添えになるものだと思います。だから頑張ってください」

「ありがとう」

ハンカチで涙を拭いた彼女は、シュンと洟をすすると顔をほころばせた。それは最初に見た悲痛な笑顔ではない。少し吹っ切れたのではないかと想像してほっとした。

私はタロットを片付け立ち上がる。

「あの、お礼を！」

平山さんは急いで財布を取り出した。

「いいえ、あくまで趣味なので。それよりも早く元気になってくださいね」

「はい。でも、あのせめてこれだけは」

彼女はテーブルの上にあった伝票を手に取った。

「では、お言葉に甘えます」

私は彼女にごちそうになることにして店を出た。

通りに出て外から彼女の様子をうかがう。じっと何かを考えているようだが、私ができるのはここまで……ここからは彼女自身がどうするか決めることだ。

そう、いつもならここまで。そうなんだけど……。

気になるのは彼女の恋愛の行方ではなく、彼女の言っていた『変な伝票の処理』だ。それが何であるのか彼女は確証は得ていないようだけれど、もしそれが事実だとしたら大問題なのではないか。

占いで得た情報はその場限りのもの。だから私も外部に話を漏らすことがあってはならない。今日聞いたことは忘れなくちゃいけない。

私はぶんぶんと頭を振って駅に向かい、帰りの電車に飛び乗った。

いつもと変わらない一日。まもなく月末なのでそれまでにできる仕事を終わらせておく。私が担当しているのは主に売掛金の管理と経費精算。どちらも月末月初は忙しくなるが、数字がピタッと合うと気持ちいい。

仕事を進めていると、ちょうど平山さんの在籍している第二営業部の顧客のデータを目にした。今月未入金の会社をリストアップするという毎月する仕事。いつも通りの手順で抽出していく。

しかしその中に何社か気になる会社があった。

ここ最近入金が数回に分けて入ってきている会社がある。月末までにはちゃんと入金されているので問題はないが、どうしてこんな入金方法をとっているのか疑問に思う。

気になる。だけど問題があるわけじゃない。

ひっかかりながらも、仕事を続ける。

なんだか嫌な感じがするのはどうしてだろう。

何かひっかかるけれど、仕事の手を止めるわけにはいかない。私は午後からは経費の精算をして気持ちを切り替えることにした。

けれど……やっぱり気がかりなのは第二営業部。この二、三カ月経費の金額が多い月が続いている。問題のない範囲ではあるけれど、こう毎月となると何かあるのだろうかと思ってしまう。売上も多いので、経費がかさむのは仕方ないことなのだけれど……。

結局何をしていても第二営業部のところで気になることが出てきて止まってしまう。上司に相談するのがベストなのかもしれないけれど、もし違っていたらと思うと何も言い出せない。しかも私が第二営業部の経費を気に掛けたのは、平山さんから情報を得たからだ。もし大事になれば彼女自身にも迷惑がかかるかもしれない。これは占い師としては明らかにしてはならないことだ。

どうするのが一番いいのか、悩んだ結果。

私は第二営業部の部長に相談をもちかけることにした。

こちらのミスを装って、なんとなく伝えてみる。これが私にできる精いっぱいのことだ。

そう決めた途端「春日井さん」と声をかけられて顔を上げた。経理部の源部長がその場にいて驚く。

「ぶ、部長。おつかれさまです」

普段あまり話をしない相手が間近にいて驚いた。

「そんなにびっくりされると、困っちゃうな」

柔和な顔をさらに柔らかくして部長が笑う。

源部長はまさに理想の上司だ。いつも穏やかで部下の話をよく聞いてくれる。何かトラブルがあった場合は、いつも前面に立ち解決してくれる。ゆえにみんな部長のことを自分の父親であるかのように慕っているのだ。

「すみません。突然だったもので」

「そっか。そっか。いや、難しい顔してるから、何か困ったことがあったのかと思って」

鋭い。さすが部長。

一瞬、部長に相談するべきかと思った。けれど確信がないうえに、情報源が平山さんだとバレると彼女の立場も危うい。

「なんでもありません。もう数字合いましたから」

「だったらいいけど。あんまり頑張りすぎないで」

部長は私に言葉をかけると、ポケットから飴を取り出してそっとデスクに置いて立ち去った。

よかった。ああ見えて鋭い部長の目をごまかせたなら、私の苦笑いもなかなかのものだ。

ほっとしたけれど、問題が解決したわけではない。私は今日の夜、問題を第二営業部の部長になんとなく伝えてみることにした。

終業時刻を迎えて三時間。ほとんどの社員が帰宅している。私はその間会社のエントランスで、第二営業部の部長が退社していないか見張っていた。

そろそろいいかな。

おそらく営業部社員も、残っていたとしても数名だ。小声で話をすれば周囲に話の内容はバレないはず。

私は気合を入れてエレベーターに乗り、第二営業部のある四階のボタンを押した。

階数表示が四階に近づくほどにどんどん鼓動が激しくなっていく。

でも、今日やらないときっと先延ばしにしてしまう。いつまでもうじうじ悩むくらいなら、さっさと片付けてしまった方がいい。

私の考えすぎかもしれないし。そうだったらいいのにと思う。

四階に到着してドキドキがマックスになる。大きく深呼吸をして一歩踏み出す。何度も通っているはずの廊下なのにいつもと違うように見える。

今まで仕事でこんなに緊張したことない。

第二営業部のフロアに到着した。ひときわ大きな深呼吸をしてバッグから資料を取り出す。ぐしゃっと音が出るくらい強く握ってしまった。皺が寄ってしまった資料を慌てて手で伸ばす。

廊下からフロアを覗くと第二営業部の部長がいない。

もしかしてもう帰ってしまった？　いると思って見張っていたのに。

がっかりして帰ろうとしたとき。

「君、経理部の春日井さんだよね？」

「はい」

後ろから名前を呼ばれて振り向いた。

そこには第二営業部の課長が立っていた。確か町山（まちやま）さんだったはずだ。

「こんな時間にどうかした？　それうちの資料？　だったらもらっておくけど」

町山さんが手を伸ばして資料を取ろうとする。

「い、いいえ。これは違うんです」

資料を取られないように、慌てて後ずさる。

「え、でも第二営業部って書いてるじゃない」

「そうなんですけど。あっ」

押し問答しているうちに町山さんが私の手から資料を奪った。そしてそれを凝視する。

「なんでもないですから」

慌てて取り返そうとしたけれど、返してくれない。

そして声をかけてきたときとは違い、感情が読み取れない能面のような表情で私の手を掴んだ。

「これについて少し話を聞きたいから、こっちいい？」

「えっ？　いや、私は」

「いいから、来て」

腕を引っ張られそのまま近くの暗い会議室の中に連れていかれる。

どうして？　これはもしかしてまずいのでは？

相手の表情を見て、今の自分が置かれている状況はよくないのではと気が付いた。

「これ、君誰かに見せた？」

「え、いいえ」

私がそう答えると、相手はニヤッと笑みを浮かべた。ぞっとするような冷たい笑み。

「そうか。よかった。まだ俺に運はあるようだな」

相手が何を言いたいのか気が付いて、ハッとする。

「それって」

「ああ、君が想像している通りだよ。この不正を働いたのは俺だ」

やっぱり。と、いうことは平山さんの恋の相手はこの課長なんだ。

「うまくやったと思ったのにな。平山のやつ、黙って俺の言いなりになっておけばよかったのに」

どんどん醜悪な笑みになっていく。相手に恐怖を覚えて震える。町山課長は平山さんが私に相談したことも知っているようだ。

「彼女にこんなことさせて、悪いとは思わなかったんですか？　仮にも好きになった相手なんですよね？」

妻子がある身であるまじきことだが、平山さんを愛していたなら、こんなことさせるのは間違っている。

「好き？　ああ、好きだったよ。都合がよかったからな」

「な、なんてこと」

言い合っている間にも、じりじりと詰め寄られる。私は入口とは反対の壁にどんどん追いやられていた。このままでは逃げることもできない。

「さて、どうするか。君には黙っておいてもらわなくちゃいけない」

町山課長はふところからスマートフォンを取り出すとカメラを立ち上げた。そして
カシャと音をさせて私の写真を一枚とった。

「やめてください」

「そんなに嫌がらなくても。ちょっと人に見られたら困るような写真を一枚とるだけだ」

だけって……そんなことされて拡散(かくさん)されたら……。

想像しただけで身がすくむ思いがする。

じりじりと追いやられ背中が壁に当たる。

「あっ……」

「さあもう逃げられない。これに懲(こ)りたら、関係ないことに首を突っ込むのを今後はやめるんだな」

男の手がシャツの首元に伸びて来た。思い切り引っ張られる。

「いやっ！」

相手の手を握り、必死になって抵抗する。しかし男性の強い力に敵(かな)わない。

「抵抗せずにおとなしくするんだ」

町山課長が手を上げた。ぶたれると思った私はぎゅっと目をつむり声を上げた。

「誰か助けて！」

「大声を出すなっ！」

私の首元を掴む男の手に力がこもる。今度こそ本当にぶたれる。そう思った瞬間
——。

「そこまでだ」

ばたんと大きな音を立てて会議室の扉が開いた。首元を掴んでいた手が離れ目を開くと目の前にいた町山課長が後ろに倒れ込むのが見えた。そして私の目の前は男性の背中でいっぱいになる。

「不正取引だけでは飽き足らず、暴力か。もう言い訳はできないぞ」

この声……もしかして。

顔を上げると副社長の横顔が見えた。

うそ、なんでこんなところに。

その疑問を投げかける隙などなかった。会議室には副社長に続き経理部の源部長、それと副社長の秘書である桑名さんがやってきていた。

副社長によって床に投げ出された町山課長は、自分のやってきたことがバレたとわ

かり顔面蒼白だ。

「おい、お前。大丈夫か？」

「え、あ。はい。平気です」

「ったく。ひとりで乗り込んでいくなんてどういう神経してるんだ」

それまで町山課長に向き合っていた副社長は、私の方へ呆れた視線を向けた。

「確信が持てなかったもので。すみません」

「こっちが調べていたから君の動きに気が付いたが、もっと危険な目に遭っていたかもしれないんだぞ」

「はい。申し訳ありません」

副社長の言う通りで、反論の余地もない。

町山課長は桑名さんに取り押さえられている。その顔は先ほど私に向けられた醜悪な表情は消え、真っ青な顔で震えていた。どうやら自分のやったことが露呈してしまい、混乱しているようだ。

「まぁ、まあ。この度はうちの部下がすみません」

源部長が私をかばうように声をかけてくれた。私は心の中で思わず「部長～」と叫んだ。

「いえ、今回は源部長が彼女の動きに気が付いてくれたから把握できました。ありがとうございます」

「私は自分の仕事をしただけですから。それより副社長はうちの春日井のことご存じなんですか？」

「ああ、まあ」

副社長が濁すから、源部長の視線が私の方へ向く。

「あの、ちょっと……」

「まあ、そういうことだ」

「そうですか、そういうことですね」

にっこりと笑う源部長は頷いていたが、きっと理解はできていないはずだ。だが、優しい性格のためなのか、深くは追及しなかった。

「あの、部長……」

「源部長。後のことは桑名の指示に従ってくれ。明日以降に報告を受ける」

「かしこまりました」

源部長が頷くと、副社長はいきなり私の手を引いた。

「えっ、なんですか」

「もう遅い時間だ。送っていく」

いきなりのことにパニックになる。目の前にいる源部長も目を見開いて私たちを見ている。

「いえ、あのまだ電車がありますので」

「ダメだ。お前は今日、こいつに襲われかけたんだぞ。そんな状態のやつをひとりで帰せるわけがない」

あぁそうだった。色々なことが一気に起こりすぎて一瞬忘れていたが、思い出すと膝が震えた。

「あの……」

「こういうときはおとなしく指示に従うんだ」

「はい」

上司、しかも副社長に送らせるなんて前代未聞だ。けれど今の私にとってはその提案を受け入れるしかない。

「じゃあ、後はまかせた。よろしく頼む。行くぞ」

「はい」

副社長が声をかけると源部長と桑名さんが頭を下げた。私は恐縮しながら副社長の後に続き、部屋を出る際に会議室の中にいるふたりに頭を下げて、彼の後を追った。最後に見た町山課長はうなだれたまま、一度もこちらを見ることはなかった。

役員専用エレベーターで地下駐車場まで下りる。普段社有車さえ使うことがないのでこの駐車場に来たのも数える程度しかなく、きょろきょろしていると副社長に「早くしろ」と言われて慌ててついていった。

少し離れた場所から副社長がキーを取り出すと、車のテールランプがピカピカと光った。

あれが副社長の車。私でも知っている高級外国車のエンブレムがまぶしい。ライトに照らされて輝く黒のSUV。手を触れるのも躊躇(ちゅうちょ)するほど磨き上げられている。

「どうぞ」

「え、ありがとうございます」

副社長が助手席のドアを開けてくれる。送ってもらうだけでも前代未聞なのに、ドアを開けてもらうなんて、他の人に知られたら怒られてしまう。

ここは誰かに見られる前に早く車に乗ってこの場を離れる方が賢明(けんめい)だろう。私はそう判断して助手席に乗り込むと、シートベルトを締(し)めてすぐに出発できるようにした。

副社長はハンドルを握ると、ゆっくりと発車させた。

「あの、ご迷惑をおかけします」

改めて謝罪をする。

「ああ。本当に迷惑だよ」

はっきりと言われて落ち込む。確かに、副社長のような忙しい人にこんな時間をとらせてしまって申し訳ない。

「すみません。やっぱり次の信号で降ろしてもらえれば、タクシーで――」

「え？」

「今更、そっちの方が面倒だ。それよりもなんで勝手なことをした？」

驚いた私は副社長の顔を見たけれど、彼はまっすぐ前を向いたままで表情は読み取れなかった。

「それは――」

平山さんから話を聞いたということは話せない。

「少し気になって調べていたら、見つけちゃって」

「あの件だけ？　ピンポイントで？」

「あの……はい」

何か勘づかれたかもしれない。

ドキドキしながら次の言葉を待つ。

「ふーん。まあいいが。それならちゃんと上司に相談しろ。今回はこちらも調べていたから対処できたが、間に合わなかったらあの男に何されていたかわからないぞ」

確かにそうかもしれない。あのときの町山課長の私をにらむ目を思い出して、今頃怖くなってきた。

「助けていただいて、ありがとうございます」

震える声で言うと、副社長の手が伸びてきて私の頭をポンポンと叩いた。意外な慰め方に驚く。

「度胸があるのはわかったけど、危ないことには首を突っ込むな。これは仕事の話だけじゃない。占いの相手から反感を買うことだってあるだろ」

「でも占いのお客さんは慣れてるから」

何度かそういうこともあった。その度にマキちゃんが対応してくれてはいるけれど。

「そういうことには慣れなくていいんだ。わかったら、もう少し気を付けろ」

「はい……でも意外です」

思わず笑みがこぼれた。

「何が？」

「副社長がそんなに社員のことを心配するような人だったなんて」

なんだか違和感があったのはそこだ。確かに〝袖振り合うも他生の縁〟よりも少し濃いくらいの付き合いがあるが、こんなふうに心配してくれるとは思わなかった。

副社長は不満げな表情を浮かべている。

「うぬぼれるな。ただ最近見つけたおもちゃが壊れたら困ると思っただけだ」

「おもちゃ⁉　それって私のこと？」

「ああ、そうだ」

「なっ！」

抗議しようとしたけれど、副社長のセリフに遮られる。

「今日のこと、ごまかしているけど社内の人間を占っていて知ったんじゃないのか？」

図星をつかれて、焦ってしまう。なんとかごまかさなくては。

「えっ、いいい、いや。断じてそんなことはありません！」

はっきり言い切ったのが余計に怪しかったかもしれない。手のひらにじんわりと汗をかく。

「ったく、占い中は冷静なのに、私生活はてんでダメだな。まあこれ以上は追及しないけど」

やっぱり何か勘づかれたようだったが、追及しないと言われてほっとした。

「そもそも、お前はなんで占い師をやっているんだ。うちの給与はそんなに少ないか？」

「いえ、滅相もない。十分いただいています」

誤解のないように慌てて私は否定した。残業代だって一分単位で計算されていて、まれにみるホワイト企業だと思う。

「だったらなぜ？　確かこの間は会長室で罪滅ぼしと言っていたな」

「言わないとダメですか？」

運転中の横顔に、尋ねてみる。

副社長の返事は意外にそっけなかった。

「別に言いたくないなら言わなくてもいい。調べればすぐわかるから」

それって、結局知られるわけだよね。だったら自分の口から話した方がいい。

私がどういう結論を出すかわかっている言い方に、ずるいと思いながら口を開く。

「私、最初は趣味で占いをしていたんです。知り合いの相談を受けたりしていて。そんなとき姉が失踪してしまったんです」

「それはいつの話だ？」

「五年前ですね」

口にして、もう五年も経つのかという気持ちが大きくなる。

「警察には？」

「もちろん届けています。ただ、姉の場合は本人に失踪の意志があったので、そこまで積極的には探してもらえなくて」

「なるほど」

ひとことで行方不明といっても事情は様々だ。姉のように書置きをして自ら姿を消した人物に関しては一般家出人という扱いになる。事件性があるわけではないので、緊急性が低いと判断されるからだ。

「それで自分たちであれこれ手を尽くしました。もちろん占いだってしました。でも具体的なことは何もわからず成果がなくて。それで最後の望みで私が占い師をすることにしたんです」

「いや、待て。なんでそうなる？」

彼が不審そうに遮った。

「確かに少し話が飛びました。私の占いの一番の相手は姉だったんです。占い好きの姉がリーラの噂をききつけてやってきてくれないかと思って。もうそのくらいしかできることがなくて」

手を尽くしても、もはや八方ふさがり。それでも何かしていなければ落ち着かない。

それが、私が占いの館で占い師を始めた理由だ。

「なるほどな。そういうことだったのか。悪かったな、つらい話をさせたみたいで」

副社長の謝罪が意外だった。さっきは強引に理由を聞き出そうとしたのに。

でも、こうやって目下(めした)の私に対しても自分の非を認めて謝罪できるのは、彼みたいな立場の人には珍しいのではないだろうか。尊大な人だと思っていたけど見直した。

「いえ、隠すような話でもないので。でも大っぴらにする話でもないんですけどね」

姉の失踪というプライベートなことについてはあまり人に話していない。

「でも占いだけが頼りというわけじゃないんです。実は幼馴染みに弁護士がいて、彼も姉を探すのに協力してくれているので。だから私望みは捨てていません」

そうだ、きっといつか姉に会える日が来る。それまでは自分にできることはすべて、したい。

「そうだな。一日でも早く見つかるといいな」

副社長の言葉に頷いたとき、車が自宅付近に到着した。車はゆっくりと減速して自宅の前に停まった。

私が降りたと同時に、副社長も車を降りた。

「あの、今日はありがとうございました」

「ああ」

そう返事をした彼は、そのまま自宅の小さな門扉を開けて中に入る。

「あの？　まだ何か？」

突拍子もない行動に驚いて、後れをとってしまった。慌てて先回りしようとするが、いかんせん足の長さが違いすぎて追いつけない。

「ご両親に挨拶する」

「はぁあ？」

相手が副社長だということも忘れて思いっきり顔をゆがめてしまう。

「そんな必要ないですからっ」

腕を引っ張ってなんとか阻止しようとする。しかし彼が長い腕を伸ばすといとも簡単にインターフォンに指が届いてしまった。

ピンポーン

鳴り響くチャイムの音、インターフォンから「はぁい」という母の声が聞こえてくる。

「え、だからなんでぇ？」

ひとりで困惑していると、副社長が身をかがめてインターフォンに話しかけた。

「わたくし、紫織さんの会社の上司です。お嬢さんを送ってきました」

『えっ？　上司？　あら、すぐにまいりますっ！』

これまで一度も会社の人がうちを訪れたことなどない。しかもこんな時間に。母が焦るのも無理もない。

玄関扉の向こうがバタバタと騒がしい。

物音から察するにどうやら父まで出てきたみたいだ。副社長がちらっとこちらを見たので恥ずかしくなって両手で顔を覆った。

なんでこんなことに？　もしかして、これ今日の私の勝手な行動に対する罰なの？

私が羞恥に身もだえていると、玄関の扉が開き両親が顔を出した。

「お母さん、エプロン！」

「あら、やだ」

「あ……」

私が口を開こうとした矢先、先に副社長が話し始める。

「夜分遅くにすみません。わたくし紫織さんの上司のこういうものです」

すっと差し出した名刺を父が受け取り、両親が一緒に覗き込む。

「ふ、副社長⁉」

驚いたふたりが、目の前の完璧な男性を上から下までまじまじと見る。

「あの。お父さん、お母さん？」

私の呼びかけにふたりとも我に返ったようだ。父が慌てて副社長に話しかける。

「わざわざこんなところまで副社長様がすみません。どうぞ中に」

なんで家の中に入れようとするのよ！

私はそれとなく彼を中に入れないようにと、誘導する。

「お父さん、副社長は忙しいから引き留めたらダメよ」

慌てている私を見て副社長が小さく笑った。

「せっかくですが、今日はもう遅いので、またの機会に。本日はお嬢さんを遅い時間まで付き合わせてしまいましたので、お詫びに伺っただけですから」

にっこりと笑うその顔に両親とも見とれている。私に見せる素の彼とかけ離れていて、ふたりとも完全に騙されている。

「副社長、今日はありがとうございました。では！」

「あら、追い返すみたいなこと言って。紫織ったら」

みたいなじゃなくて、真剣に追い返そうとしているの！

「いえ、今日はご挨拶だけのつもりでしたので。今後、たびたび紫織さんにご協力いただくことになりそうなのですが、よろしいでしょうか？」

「え、ええ。もちろん。しっかりこき使ってください」

お父さんったらなんてこと言うの。ただでさえ、仕事以外でもかかわりがあるのに。

「ご両親にそう言っていただけてありがたいです」

「私抜きで話を進めないでください。ほら、行きましょう」

私は副社長を玄関から引っ張り出した。

「おいおい、上司をそんな扱いするなよ」

「じゃあ、普通の上司らしくしてください。なんでいきなり親に挨拶なんて！」

失礼は承知だけど、我慢できずに思わず声を上げた。

「これからあれこれ連れ出すときに、挨拶しておいた方がご両親も安心されるだろう？」

「あちこち連れ出されるつもりありませんから？」

「それは無理だな。会長がいたくお前を気に入った。だから時間が許す限り対応してもらう」

「そんなぁ」

あからさまに落ち込む私を見て、彼はうっすらと意地悪な笑みを浮かべた。

「仕方ない。会長の占い好きは今に始まったことじゃないから。諦めろ。それにお前は断れる立場か？」

確かに、無許可で副業をしていたという弱みを握られているんだった。

「それはそうなんですけど……」

それを言われると途端にトーンダウンしてしまう。

「長いものには巻かれるのも社会人として生きていくうえで大切なことだ」

「副社長もそうやって、生きてるんですか？」

ちらっと彼の顔を見ると、どや顔で返された。

「そんな必要あると思うか？　この俺自身が〝長いもの〟なんだからな」

自分で言う？

でも確かにそう言われればそうだ。私が聞く相手を間違っていた。

がっくりと肩を落とす私の背中を、副社長がポンポンと叩いた。

「今日は疲れただろう。ゆっくり寝て。場合によっては明日有休をとっても構わないから」

「え、お気遣いありがとうございます」

さっきまで軽口をたたいていたのに、急に真面目なトーンで話されると、こちらもあらたまってしまう。

「じゃあ、またな」

「はい。お気を付けて」

またなって、上司が部下に言うセリフじゃないと思うけど。まあでも、普通の上司と部下の関係じゃないし、仕方ないのかな。

ん？　だとしたら、私たちの関係ってなんなんだろう？

お客様と占い師っていう関係ではないし、どちらかといえば脅す人と脅される人という構図の方がしっくりくる。でも脅されていると言っても、私が恐怖で震え上がっているというわけでもないし。彼が私を何もかも言いなりにしようとしているわけではなくこちらの言い分も聞いてくれている。そのせいかそう追い詰められている感じもないのが事実。

なんだか余計にわからなくなってきた。考えても仕方ないと思い、もうこのまま

『よくわからない関係』でいったん置いておくことにする。

気が付いたときには、副社長の乗った車がエンジンをかけて動き出していたので、私は慌てて頭を下げた。顔を上げると車はすでに角を曲がるところだった。


「はぁ。疲れた」

すぐにお風呂を済ませた私は、部屋のベッドにダイブした。

時計を確認するとまもなく日付が変わる時間。怒涛の一日だった気がする。もし今日副社長と源部長が助けにきてくれなかったらどうなっていただろうかと考えて身震いをした。

あのときは自分の行動が正しいと思っていたけれど、やっぱり無謀だった。社内とはいえ、男性に何かされそうになったら対抗する手段がない。

そういえばもう一度ちゃんとお礼を言っておくべきかも。

副社長が自宅に押し掛けてくるなんてことをしたせいでうっかりしていた。慌ててスマートフォンを取り出し、メッセージを送ろうと入力するけれどどうまくいかない。

「今日は、ありがとうございました。えーと、それから……」

これ以上何も続かない。友達なら『今度ごはんでもおごるね』なんて続ければいいけれど相手は副社長だからそういうわけにもいかない。

そもそも副社長に対して気軽にメッセージを送ってもいいのだろうか。

「うーん。どうしよう」

うだうだ考えているうちに、睡魔が襲ってきた。疲れが一気に出てきたようだ。私は結局メッセージを送ることができずそのままスマートフォンを手にして眠ってしまった。


翌日から、社内には町山課長の不正の噂が広がっていった。私は町山課長のことよりも平山さんのことが気になっていた。彼女が伝票の処理を行っていたのなら会社に事情を聞かれたかもしれないと思ったからだ。

そんなある日の、昼休み。私はあの事件以来初めて、営業部のあるフロアに立ち寄った。フロアに入り平山さんの姿を探す。きょろきょろしていたら、後ろから声をかけられた。

「春日井さん?」

振り向くと探していた平山さんがいた。

「あ、平山さん。探していたんです。少しお時間いいですか?」

「はい。私も話をしたかったんです」

私たちはひとけのない打合せブースに入って話をすることにした。

「平山さん、町山課長の件大丈夫だったんですか？」

ふたりきりになった途端、我慢できずに私は話を切り出した。

彼女は悲しそうな表情を浮かべながら小さな声で話を始めた。

「やっぱり、相手のこと気が付きましたか？」

「あっ……えーっと。勝手なことしてごめんなさい」

私はどうしても不正のことが気になって、そうしたら町山課長にたどり着いたという話をした。その後に脅されたことも、ちょっとためらったけど当事者である平山さんは知るべきだと思い話をした。

「そうだったの。あ、私春日井さんがしてくださったことには感謝してるんです。だから謝らないでほしいです」

彼女にそう言われて、ほっとした。

「実際に私は話を聞かれただけで、処分もありませんでしたから」

「よかった！」

不正については彼女は何も知らなかった。でも町山課長の証言次第では、彼女の立場が危うくなるかもしれない。そう思っていたから、何もないと聞かされて私はほっとした。

「でも、私今月末で会社を辞めることにしました」

「えっ？　なぜ？　そんな必要ないと思います」

今、処分はされないと言っていたのに。理解ができずに彼女に尋ねる。

「確かに私は彼のやっていることを、すべて知っていたわけじゃないけど、うすうす気が付いていたのに見て見ぬふりをしていた。それはやっぱり許されることじゃないと思うんです」

「それは……」

確かに自分が彼女の立場なら自分のやってきたことに罪悪感を持つだろう。それは理解できる気がする。

「それにそもそも不倫なんてするべきじゃなかった。だから会社を離れて新しく全部やりなおすつもりです」

「そうなんですね」

きっとものすごく悩んで考えて出した結論だろう。でももしあのとき私が違ったアドバイスをしていたら結果は違っていたかもしれない。

後悔が顔に出てしまっていたのか、平山さんは私の顔を覗き込んで笑顔を見せた。

「そんな顔しないでください。春日井さんの占いがきっかけでやっと前に踏み出すことができたから、本当に感謝してるの」

「そうだったらいいんですけど」

占いをするときには相談者のことを思ってしている。しかし最後に人生を決めるのはその人自身。それが痛みを伴うようなことであったとしても、今平山さんが納得しているならこれ以上私がどうすることもできない。

それこそ人の人生を自分がどうにかできると思っていることの方がおこがましいのだ。わかっているはずなのに、こういうときにはいつも考えさせられる。

「また何か悩みがあったら相談きいて」

「はい。私でお役に立てることなら」

お互い笑みを浮かべる。そのときの彼女の顔は明るく、彼女の目はもうすでに未来に向けられていると感じられた。

平山さんにもう一度お礼を言われて別れた。

最後に見た彼女の顔を、私は忘れないようにと胸に刻んだ。

それからの数週間、私は平日は会社で働き週末はリーラとして占いの館で働く日常を過ごしていた。

今日は週の真ん中水曜日。いつもなら仕事で疲れきって寄り道せずに帰る日が多いのだけれど、今日は幼馴染みの岡崎律と会う予定になっていた。

律は小学校のとき近所に住んでいて仲良くなった。よく考えるとプライベートで仲の良い異性は律ぐらいかもしれない。小さなころは私の方が運動も勉強もできたから律の世話をあれこれしていたのに、いつの間にか私よりもなんでもできるようになって、特に勉強なんかは中学あたりからはずっと律に世話になりっぱなしだ。

そして弁護士になった今は、姉の紅音を探す手伝いをしてくれている。

今日は律とお互いの愚痴を言い合うために、ふたりの職場の真ん中にあるいつもの居酒屋で待ち合わせをしていた。

夜になって少し気温が下がり、五月の柔らかい風が頬を撫でる。先に着いたら中に入って待っているようにといつも言われているけれど、風が気持ちよくてなんとなく律を店の外で待ってみる。

すぐに向こうから律が小走りでこちらに向かってくるのが見えた。

「紫織、待った？」

時計を見ると待ち合わせ時刻の三分前。律が遅刻することはめったにないし、その場合でも事前に連絡をくれる。

「ううん。ただちょっと風が気持ちいいから外にいただけ。お腹すいた。中に入ろう」

「わかった。わかった。いくらでも食べて」

律と笑いながら店の中に入った。

店に入ると「いらっしゃいませ！」と元気のよい声が聞こえてきた。いつもの席が空いていてどちらも何も言わずにその席に座った。

店員さんがおしぼりを持ってやって来る。

「ビールとレモンサワーを」

ちらっと私の方を見たので「それでいい」と頷く。ここまではまったくいつもと同じ流れだ。それから律がいつも頼むメニューを注文した。

海賊船をモチーフにした店内は常に活気づいている。枝豆にフライドポテトと定番メニューに加えて、魚料理が美味しく、新鮮な刺身(さしみ)や魚を使った種類豊富な創作料理が楽しめる。アルコールの種類も多くて、律も私もお気に入りの店だ。

早速ビールとレモンサワー、それと突き出しの枝豆が運ばれてきた。

「おつかれさま」

カチンとジョッキを合わせて一口飲む。目の前の律はごくごくとビールを喉を鳴らして飲んでいた。

「そんなに喉渇いてたの？」

「ああ、ここまで走って来たから」

「そうだったの？　別にゆっくり来てくれてよかったのに」

でもこういうところが律らしいなと思う。

「待たせたら悪いから。それに僕も早く飲みたかったし」

「あ、そう」

軽く流した私を横目で見て、律は二杯目のビールを注文していた。

「で、最近どうなの？　忙しい？」

「まあそこそこ」

律は運ばれてきたばかりのだし巻き卵を私のお皿に乗せてくれながら、そっけない返事をした。

「いつもそこそこだね」

「仕方ないじゃん。守秘義務の塊みたいな仕事してるんだから」

「それはそうか。でも真面目で正義感の強い律らしい仕事だよ。なんてったって名前が法律の〝律〟だもんね」

私の言葉に彼が笑う。

「それ確か小五のときのドリルに【律】って漢字が出たときから言ってるよね」

「そうだっけ？　忘れちゃった」

笑いながらだし巻き卵を口にする。

「ん～美味しい。大根おろしもっとちょうだい」

「はいはい。わかりました」

木製のスプーンに山盛りになった大根おろしを取り皿に乗せてもらうとすぐに醤油が差し出された。本当にいたれりつくせりだ。

「紫織の方は、何かあった？」

「あ、そうそう。ここ最近ちょっと大変だったんだ」

私は副社長が占いの館に現れてからのことを律に聞かせた。

「えっ、それって脅迫じゃないか。大丈夫なの？」

いきなり律が真剣な顔になってこっちの方が焦る。

「大丈夫だよ。確かに軽く脅されているけど、私が本当に無理だと思うことはさせないし、副社長そんなに嫌な人じゃないから」

確かに話だけ聞くと、脅されていることになる。私も実際そう感じていたけれど、全力で拒否したいというわけではない。この複雑な気持ちはなかなか説明しづらい。

案の定、律も納得してないようだ。

「紫織、いいように使われていない？　心配だなぁ」

「それは大丈夫。私、こう見えても人気占い師リーラだよ。いろんなお客様相手にしてるから、ある程度の対人スキルはあるの」

本当にやばい人は判断できる。副社長はその点言っていることは横暴(おうぼう)そのものだけれど、基本的に私に接する態度は丁寧だ。

「紫織がそういうなら、今は黙っておくけど。何かあったらすぐに僕に言って。今の僕には、紫織を守る力はあるから」

確かに小学生のとき、私の後ろをついてきていた律とは違う。

「ありがとう。すごく頼もしいよ」

律の優しさに胸があったかくなる。やっぱり気を遣わない相手との食事は楽しい。

そのときテーブルの上に置いてあった律のスマートフォンの画面が光った。

「あ、悪い。ちょっといい？」

「どうぞ。急ぎの仕事かもしれないし」

彼の仕事柄、緊急を要するものであれば夜でも連絡がくることも珍しくない。私は気にせずに、焼きおにぎりについていたキュウリの浅漬けをほおばりながら律を見る。

え、どうかしたのかな？ ものすごく真剣な顔。

それまでとは違い厳しい表情の律。普段は見せない表情に私が緊張してしまう。

それから律は何度か返事をした後電話を切った。

「律、仕事なら今日はもう切り上げる？」

「いや、仕事じゃないんだ。それより、紫織」

「え、私？」

「お姉さんの居場所、わかったかもしれない」

突然改めて名前を呼ばれて、驚いた。

「えっ！」

騒がしい居酒屋の中でもはっきりと周囲に聞こえるような声を上げてしまった。普段なら周囲を気にするが、姉の話となればそれ以外のことを気にしている余裕はない。

「いったいどこ、どこにいるの？」

「ちょっと焦りすぎだよ」

そう言われて口を閉ざした。けれど気持ちを落ち着かせることなんてできない。早く、早く。

焦っても仕方のないことだ。しかし気持ちは、逸るばかり。

「宮島、広島県の宮島だって。紫織、ここに親戚がいなかったか？」

「え、宮島は……祖母の実家があるけど。もしかしたらそこを頼って？」

そもそも母方の祖母はすでに他界しているが、母のいとこの真理さんがまだ住んでいたはずだ。遠縁なので、数回しか会ったことがなく顔も思い出せない。

「失踪した当時に問い合わせしたときは、知らないって言っていたけど。今になってそんな情報が出てくるなんて。でもあれから状況が変わったかも」

「普通は行方をくらますのに知り合いのいる場所は避けるものだけど、それを逆手に取った可能性もあるし」

「週末行ってみる」

私がスマートフォンを取り出し時刻表を調べようとすると、その画面を律が手で覆った。

「ダメだよ。宮島にいるっていうだけで、所在がわかったわけじゃない。それにこの情報だってどこまで信用できるかわからないんだから」

「でも、いるかもしれないっていうなら、じっとしていられない」

「その気持ちはわかるよ。紫織がどんな思いでお姉さんを探しているのか、近くで見ているからわかっているつもりだ」

「律……」

確かに律は、仕事の合間にこうやって姉の居場所を実際に探してくれている。だから彼の言っていることは本音に違いない。

「まずは、親戚の家に連絡をしてそれからにしよう。それに週末、僕は一緒に行けないから、早くても来週にしよう。わかった？」

「……うん」

律が私を心配してくれている気持ちが伝わってきて、これ以上は無理を言えない。

帰ったらまずは、親戚の連絡先を親に聞いて……明日の昼休みにでも電話してみよう。

興奮していた私が落ち着いた様子を確認して律が、はぁとため息をつく。

「紫織は、無鉄砲なところがあるから。僕がついてないとダメだな」

「そんなこと……ない……はず」

言い切りたいけれど、つい先日もひとりで不正を暴こうとしてしまった。今考えるとなんてだいそれたことをしたのだと思うけれど、あのときはああすることが最善だと思ったのだ。

「いいかい、冷静にね。行方不明者探しは根気がいることだから」

「うん、ありがとう」

「わかったなら、食べて」

律が私の好物のカツオのたたきを取り皿に次々とのせる。

「そんなに食べられないから、もう」

ふくれっ面を見せると、律が笑った。

「そのくらいの顔してる方がいいよ。あまり思いつめないで。ほら」

とどめをさすかのように山の上に最後のカツオのたたきを乗せると、律はニカッと笑った。

その後いつものように、あれこれ話をしながら飲んだ。

けれど私の頭の中は姉が宮島にいるかもしれないということで占拠されていて、律もそれに気が付いていたに違いない。

いつもよりも少し早い時間にお開きにして、その日は帰宅の途に就いた。

ああ、よかった。いい天気！

土曜日の朝。天気予報では曇りとなっていたけれど、実際に玄関の外に出てみれば驚くほど日差しがまぶしかった。

平日と違って町がまだ目覚めきっていない中、私はタクシーに乗り込んで新幹線に乗るために品川駅に向かう。

最終目的地は宮島。そう、私はやっぱり我慢できず律に会ったその週末、姉を探すために宮島に行くことにしたのだ。

あの日の翌日、親戚の連絡先を聞いた私は早速電話をかけた。ずっと会っていない親戚だったが、向こうは私のことも姉のことも覚えていた。けれど姉の居場所はわからないと言われた。どこかですれ違ったとしても気づかないくらいだと言われてしまう。

確かにその通りだ。お礼を言って電話を切ったけれど、私は落ち込んだ。また手がかりが失くなってしまう。そう思うと、一か八か現地に向かえば、何か手がかりがあるかもしれないという気がしてきた。私は藁をも掴む思いで、宮島行きを決めたのだ。

もちろん律には内緒だ。余計な心配をかけたくない。

しかし思い立ったのが昨日の夜だったので、まだチケットさえ取ってない。時刻表を調べながら、何時の電車に乗ろうかと思案しながらタクシーでの時間を過ごした。

あ、そういえば、昨日の副社長の話、断ってよかったのかな……。

実は昨日宮島行を決めた後、副社長から電話がかかってきた。今日の予定を聞かれて宮島に向かうことを告げた。行先をはっきり言って会長の占いはできないことを暗に伝えた。

『俺が誘いを断られたのは、初めてだ』なんて言っていたけれど、そもそも断ったのは副社長の誘いではなく会長の依頼なのでは？　そう思ったけど翌日朝から出発するのでなるべく早く寝たかった私は、それ以上、何も言わずに電話を切った。

今思えば、あんな断り方をしてよかったのだろうか。せめて日程の代替案くらいは出すべきだったと今になって少し心配になってきた。戻ったら一度こちらから連絡をした方がいいのかもしれない。

タクシーの中でそんなことを考えていたが、それが全部無駄なことだったと、すぐに気が付くことになった。

駅構内は人でごった返していた。大きめの荷物を持った人や休日だというのにスーツ姿の人。ここだけは平日も週末もあんまり関係ないような気がする。

まずは新幹線のチケットを買うために券売機を目指す。改札の電光掲示板を見ると三十分後に出発する便があったのでそれに乗車することにした。

掲示板から視線を券売機に移した瞬間、誰かに肩を掴まれた。

「えっ！」

いきなりのことで声を上げて振り向いた。その瞬間もう一度声を上げる。

「え、なんでここにいるんですか？」

目の前にいる人物を見て、思わずぽかんとしてしまう。

「なんでって、新幹線に乗るんだろ」

白のTシャツに紺の薄手のジャケットを羽織り、ブラックデニム。シンプルなアイテムなのに、すごく洗練されている休日仕様の副社長が呆れた顔をしている。けれどそんな顔されても、こっちだって困惑を隠すことなんてできない。

「誰が？」

思わずため口になってしまったが、今更何も言われないだろう。それよりも今、彼がここにいることの方が大問題だ。

「お前と俺が」

そう言い切ると私の手を引いてさっさと改札に向かおうとする。

わけがわからない。確かに昨日の電話で、私の出かける時間やチケットはもう買ったのかとか、色々聞かれたけどなぜ彼が私と新幹線に乗ることになるんだろうか。

「あの、ちょっとでいいんで待ってください」

まるで散歩を嫌がる犬のように踏ん張る私を、副社長は面倒そうに見る。

「なんだ」

「あの、副社長はどちらまで？」

「は？　何を言っているんだ」

いやそれはこっちのセリフ。とは言えずに黙って答えを待つ。

「宮島に行くんだろ？　早くしろ」

「え、待って待って」

「もう十分待っているだろ」

ますます面倒そうな態度だが、そんなこと気にしていられない。

「どうして副社長が宮島に行くんですか？」

「お前が行くから？」

さも当たり前のように言われて開いた口がふさがらない。

「おい、乗り遅れるから行くぞ」

口を開けたままの私は、それ以上言葉を発する間も与えられずそのまま引きずられるようにして新幹線に乗車した。

窓の外の流れる景色をただ黙って眺めていた。

富士山見られなくて残念だったなぁ。

そんなことを考えていた矢先、列車がトンネルに入る。すると外が暗くなったせいでガラスに自分の隣に座っている人の顔が写って、ああ現実なんだと再認識した。

「おい、これ」

「え、ありがとうございます」

差し出されたのはコーヒーとアイスクリーム。

先ほど車内販売にきたアテンダントから買っていたのはこれだったようだ。

なんでこの組み合わせと思わなくもないけれど、せっかくなのでありがたくいただく。

「あの、いくらでしたか？　っていうか新幹線の代金も払いますから」

副社長はしっかり私の分の新幹線のチケットも用意していた。そのおかげで今私は人生初のグリーン車を体験している。

「は？　俺がお前から金を受け取るわけないだろう」

「え、でも出してもらう義理はないですし」

私の言葉に副社長が明らかにむっとした。

何か気に障るようなこと言ったかな？

慌てて思い返してみるけれど、何も思いつかない。

「あれだ。会長を次回占うときの料金。前払いだ」

「え、でもそれじゃあ、何があっても断れないじゃないですか」

「まあそういうことになるな。もともと断れる立場でもないだろ」

「それはそうですけど」

言っていることはまさにその通りなのだけれど、それでもなんだか向こうのペースにうまく持っていかれているような気がしてならない。

「そもそも、どうして副社長まで宮島に向かってるんですか？」

さっき尋ねたときははぐらかされたが、今回はちゃんと答えてもらう。私はさっきまで窓側に向けていた体を、しっかりと副社長に向けた。

「暇つぶし。お前がひとりで広島まで行くなんてかわいそうだと思って」

「なんで、かわいそうになるんですか。もう大人なのでひとりで旅行ぐらいできますから。とりあえず私は遊びで向かってるわけじゃないんで」

「まあ、理由なんて気にするな。とりあえず今日はお前に付き合うから」

「もう」

どうしてこうなってしまったのだろうか。でももう現地に向かっている今、追い返すわけにはいかないし、そもそも私にそれができるとも思えない。

なんだか変なことになったな。

ため息をついた私の横で、副社長はタブレットを取り出しなにやら難しそうな書類を読み始めた。

私はというと、昨日の夜は今日のことを考えてあまり深く眠れなかったせいか、眠気に襲われた。

さっきコーヒー飲んだのにな。

そう思って数秒後、私はゆっくりと瞼を閉じ列車の揺れを感じながら心地よい眠りについていた。

「おい、そろそろ起きろ」

「え……」

声をかけられてぼんやりと目を開く。すると前の席のシートが目に入り、自分が今新幹線に乗っていたのだと思い出す。

体を起こして自分がとっていた姿勢に気が付いて焦る。

「もしかして私、副社長にもたれて眠っていましたか？」

「ああ、熟睡だったな」

寝顔を見られたと思うと、恥ずかしくてかぁっと顔に熱が集まったのを感じた。

「すみませんでした」

顔を隠す私を見て、副社長は声を殺して笑った。

「今更隠しても遅いだろ。ほら、降りる準備しろ」

「はい」

はあ、なんという失態。でも副社長も起こしてくれたらよかったのに、そのままにするなんて。

もしかして気を遣ってくれた？　いや、まさかそんなはずないよね。きっとからかうためにそのままにしていただけ……。でも結構長い時間だったような。

「おい、早くしないと置いていくぞ」

副社長が私に声をかけると同時に、広島に到着するというアナウンスがメロディーとともに流れた。

広島駅に到着して在来線に乗り換え宮島口へ。そこからフェリーに乗って宮島に向かう。乗り継ぎがうまくいけば一時間あれば到着できる。

とりあえず親類の家を、まずは訪ねるつもりだ。

フェリーから降りて土産物屋を抜け住所を地図アプリに入れると、有名な赤い鳥居とは反対の方向を示した。

「副社長まで付き合わなくてもいいんですよ」

私にとっては大事なことだが、他人の彼にしたら意味のないことだ。歩きながら隣を見る。

「は？　ひとりでいても仕方ないだろ。さっさと終わらせて美味いもん食うぞ」

いつもと変わらない態度に少しほっとした。姉がここにいる可能性は低いとわかっていても期待しているせいか緊張してきた。だけど副社長が隣にいてくれることで、少しリラックスできるような気がする。

そうこうしているうちに目的地の親戚の家に到着した。そこは小さな薬局だった。軒先には風邪薬のマスコットキャラクターのオレンジ色の象さんがいる。東京ではなかなか見ることがなくなったので懐かしく思う。

「ごめんください」

「はぁい」

中から白衣を着た五十代くらいの女性が出てくる。母のいとこの真理さんという人だ。

「あの東京の春日井ですが」

「あ、えーと。もしかして道子(みちこ)ちゃんの娘さん？」

「はい」

「あら、まあ」

私が返事をすると、目の前の女性はぱぁっと明るい笑顔を見せてくれた。

道子というのは母の名前だ。先日連絡を取ったので、今日すぐに私のことがわかったのだろう。

「あらぁ、こんな小さいときに会っただけやけん、驚いた。大きくなったねぇ」

真理さんはニコニコと目を細めて笑っている。ほんの少し口元が母に似ているような気がする。

「今日来たんは、お姉さんのこと？」

「はい。ご存じないとは聞いていたんですが、自分の目で確認したくて」

「そうかぁ。とはいっても、うちは何にもわからんのよ」

さっきまでの明るい表情から一変して、眉をひそめた。

「そうですか」

電話で姉の所在は知らないと言われていたから覚悟はしてきたつもりだったのに、落胆が顔に出ていたみたいだ。真理さんはそんな私を励ますように声をかけてくれる。

「ごめんね。役に立てんで」

「いいえ。こちらこそお仕事中にお邪魔して」

「それは気にせんでええけん。お姉さん見つかるといいねぇ」

明らかに肩を落とした私を慰めてくれる。

落ち込む私を見た副社長がここに来て初めて口を開いた。

「もし、彼女くらいの女性が働くとしたら、どのあたりでしょうか？」

「それならこっち側じゃなくて、船着き場の向こう側の方で聞いたらいいと思う。観光客や若い子向けの店はあっちにあるし、大きなホテルや旅館もあるけん、もし働いているならそっち側の可能性が高いんちがうかな？」

「ためになる情報ありがとうございます」

副社長は普段の不遜な雰囲気からは想像もできないような、さわやかな笑顔を見せた。真理さんはぽーっと見とれた後「どういたしまして」と小さく呟いていた。

老若男女問わず惹き付けるすべを知っているんだと、思わず感心してしまう。

「真理さん、これ。最後になってしまったんですが、どうぞ」

お土産を差し出すと「あら、うれしいわ」と受け取ってもらえた。

「道子ちゃんにもよろしくね」

そう言われて手を振る真理さんに見送られ、私たちは来た道を戻る。住宅街を抜けるとすぐに、観光地らしい食事処や土産物屋が連なっている。

「親戚の人が知らなくても、目撃情報があったなら探してみる価値はある。お姉さんの写真とかある？」

「はい、ここに」

スマートフォンの画面を表示させると、副社長は私の手からそれを取り上げた。

「あっ」

取り返す間もなく何か操作をして、それが終わると私に突き返してきた。すぐに彼は自分のスマートフォンを取り出して画面を確認する。

「これがお姉さんで間違いないな」

彼が身をかがめて私に画面を見せてきた。

そこにはこちらに向かってピースサインをする姉の姿があった。

「俺も一緒に探した方が効率的だろ」

「確かにそうだけど」

「乗りかかった船だ。付き合ってやるよ」

別に私がお願いしたわけじゃない。そう思う気持ちと、どこか心強いなと思う気持ちが交じり合って複雑な心境だ。

「ところで、どうして宮島だったんだ？」

私は姉を探すのを手伝ってくれている幼馴染みから得た情報だと伝える。このあたりの旅館で過去に働いていたのを見た人がいるという話だった。

「じゃあ、宿泊施設を中心に聞いていこう」

「そうですね。手伝わせて申し訳──」

副社長の長い指が私の唇に一瞬触れた。驚いて言葉が続かない。

「謝罪の言葉はいらない。それならありがとうの方が数万倍ましだ」

綺麗な形の瞳が諭すように私の目を覗き込む。近い距離で目が合うと逆らうことなんてとてもできない。

「ありがとうございます。心強いです」

気が付いたときには素直に感謝の気持ちが口から出ていた。

「それでいい。行くぞ」

「はい」

歩き出した私たちは、まずは観光案内所で姉の写真を見せて尋ねた。首を左右に振られたけれど、まだ始まったばかりだ。帰りの新幹線までそんなに時間がない。私は落ち込む暇などないのだと自分に言い聞かせて、観光案内所でもらったパンフレットを頼りに片っ端から宿泊施設を回っていった。

しかし律のような弁護士や、警察官ならまだしも、私のような一般人がそう簡単に聞き込みができるわけではない。

繁忙期だけの、短期間のアルバイトも入れると宿泊施設のスタッフは相当な人数になる。だからちゃんと従業員の顔や名前を覚えている人ばかりじゃないのは仕方がない。

それにいくら私が姉妹だと言ってもそれを信じてくれるとは限らない。個人情報の扱いは年々厳しくなる一方だから、すぐには信用されず教えてもらえない場合も多かった。

最初は意気揚々としていた私もまったく手がかりがないということに、今回の宮島も空振りだったのだと悟らざるをえなかった。

「そろそろ帰りましょうか」

新幹線の時刻まではまだ少しある。けれどもうここにこれ以上いても収穫はなさそうだ。

「そうだな。残念だったな」

「はい。でも、何度もこういう経験してるんで」

もう五年も姉を探している。こういうことは慣れている。それでも藁をも掴む気持ちで少しでも可能性があれば現地に赴かずにはいられない。

「私、あそこでコーヒー買ってきます」

次のフェリーが来るまであと十五分ある。気持ちを切り替えようと飲み物を買うことにした。ちょうど目の前にはカフェがあり、テイクアウトもしているようだ。

「副社長はブラックでいいですか？」

「ああ」

「了解です！　行ってきます」

カフェに入り注文を済ませる。出来上がりを待つ間、そういえば食事もしていないことに気が付く。副社長ってば、文句も言わずにずっと私に付き合ってくれた。本当にありがたいな。

彼がどうして今日私についてきてくれたのか、よくわからない。彼の言う暇つぶしだとは到底思えないのだ。もし暇つぶしだったとしても、ここまでする理由になるとは思えない。

だけど今日彼がいてよかったと思う。言葉や態度が尊大なことは多いけれど私が本当に嫌なことはしないし、今日は全部私のために動いてくれた。理由はわからないけれど、感謝しかない。

コーヒーくらいじゃお礼にならないかな。

渡されたコーヒーを手に、カフェの外に出る。副社長を探すと土産物売り場にいた。最初は土産物でも見ているのかと思っていたが、よく見るとスマートフォン片手に売店の人に話しかけていた。

もしかして……まだ探してくれているの？

そう思い近づいてみるとやはり画面には姉の写真が表示されていた。

その姿に胸が小さく音を立てた。ここまで親身になって探してくれるなんて……。

「あの、もう大丈夫ですから。副社長」

感謝と申し訳ない気持ちでいっぱいだ。

「最後の悪あがきだったな」

「……そんなこと。あの、本当に今日はありがとうございます。無駄足だったですけど」

苦笑いを浮かべる私の髪を、副社長がくしゃくしゃとかき混ぜる。

「俺はやらない後悔ほど無駄なものはないと思ってる。だから今日のこともちゃんと行動したんだから、決して無駄じゃないだろ」

「副社長……」

思わず目が潤みそうになる。

何度同じ経験をしても、帰るときにはまた見つからなかったと気持ちが沈む。でも今日は副社長に無駄じゃないと言われてまた次も頑張ろうと前向きな気持ちになった。

「ほら、船が来た。行くぞ」

「はい」

私は先に歩き出した彼の後を追う。今日何度も見た背中。

私は気が付いていた。彼が私にあわせてゆっくりと歩いてくれていたことも、ときどき気遣うようにしてわざと多めに休憩してくれていたことも。

さりげない優しさに思わず、頬が緩む。そしてどうしても彼にお礼が言いたくなった。

「ありがとうございます」

「なんだよ、急に。あらたまって」

「いいえ、言いたかっただけです」

「変なやつだな。何かたくらんでるのか？」

いぶかしむ表情がおかしくて、私はクスクスと笑いながらフェリーに乗り込んだ。

行きと逆のルートで広島駅に着いて、新幹線に乗る前に駅前で、広島風お好み焼きを堪能した。しかし少々ゆっくりしすぎたせいで、新幹線の駅の構内を大の大人ふたりが慌てて速足で歩くことになった。人の波をかき分けて発車間際の新幹線に無事に乗り込んだときには、心底ほっとした。

席に着くなり大きな息を吐く。

「はぁ、はぁ。よかった間に合って」

階段を駆け上がったせいで、私は肩で息をしていた。隣に座る副社長は椅子に深く座って髪をかき上げた。

「この俺を走らすのはお前くらいだ」

「私のせいですか⁉」

体を彼の方に向けて心外だと抗議する。

「お前が、どうしても最後に出来立てのもみじ饅頭が食べたいって言うからだろ」

「え、だってそれは副社長だって食べたいって言って、二個も食べていたじゃないですか！」

お腹いっぱいお好み焼きを食べた後だったのに、二個もペロリと食べたのだ。あまり甘いものを食べるイメージではなかったので意外だった。

「そうだったか？　忘れた」

それまで私の方に体を向けていたのに、都合が悪くなったからかまっすぐに前を向いて座った。

そんな子供っぽい姿に呆れて思わず笑ってしまう。

「もう、ずるいです」

クスクス笑いが止まらない。

「何が？」

「だって、副社長がこんな人だなんて思わなかったから」

私は席に深く座った。

「いったい、どんなやつだと思われてたんだ？」

「それは……」

さすがに面と向かっては言いづらい。

「いいから、言ってみろ」

ちらりとこちらを見られて、このまま黙っているわけにはいかなさそうだ。

「仕事はできるけど、でも自分にも他人にも厳しくて、価値のないものは簡単に切り捨てる冷酷な人。そんなイメージでした」

「おいおい、散々だな」

眉間に皺を寄せてこちらを見た。少々はっきり言いすぎたと思いフォローする。

「あくまで私の個人的な意見なので、みんながみんなそう思っているわけじゃないと思いますよ」

「願わくはそうありたい」

「ふふふ。副社長でも周りの評判とか意識するんですね。ちょっと意外です」

「うるさい」

不満そうにむっとする姿を見て、また笑った私を彼がにらんできた。しかしその彼も私の顔を見るなりつられるように笑い出した。

ひとしきり笑い合った後、副社長が大きなあくびをした。

「お疲れですよね。お休みになってください」

「ああ、そうさせてもらう」

そう言うと静かに目を閉じた。

もしかしたら昨日も遅くまで仕事をしていたのかもしれない。それなのに今日は一日私に付き合って姉を探してくれた。

何度考えても彼がどうしてここまでしてくれるのか理解できないけれど、彼のしてくれたことは全部私のためだということはわかる。

目をつむった副社長の横顔を、なんとなく眺める。

やっぱりイケメンだなぁ。

前髪が少しかかった額。うらやましいくらい長いまつげに、高い鼻梁が横から見ているせいか余計に目立つ。眠っていてもこんなにかっこいいなんてずるい。

彼が起きていたら、こんなにじろじろ見るなんて失礼なことはできない。でも今はバレないはずだ。

美しい顔を鑑賞していると、急に今日の疲れが襲ってきた。私はそのまま瞼を閉じて少し休むことにした。

＊＊＊

真っ白い靄のかかったような何もない場所で、私はひとり立っていた。きょろきょろと周りを見回してみると、靄の向こうに人影が近づいてくるのが見えた。

もうずいぶん会っていないその人だと気が付き走って近付くけれど、距離がいっこうに縮まらず悲しくて涙を浮かべながらも、なお追いかける。

「待って、お姉ちゃん！」

姉は笑いながらこちらを見ている。けれど私が動くだけ彼女も動いて手が届かない。

「話したいことがあるの、謝りたいの」

声だけでも届けばいいと思い呼びかけるが、返事はない。

なんで、どうして？

許してもらえなくてもいいから、謝りたいのに。ただそれだけなのに。

追いかけても、手を伸ばしても、大声を上げても、姉の元には何ひとつ届かない。

そうこうしていると、やがて白かった靄がだんだんと黒くなっていき、姉の姿を隠してしまう。

私は姉が見えなくなってしまっても、その場で大声で彼女を呼び続ける。

＊＊＊

「おい、大丈夫か？」

体を揺すられる。

「おい、春日井。どうしたんだ？」

ハッとして目を開くと、目の前には心配そうに私の顔を見つめる副社長の顔があった。

「あれ、私……」

頬が濡れているのに気が付く。涙だとすぐに理解して慌てて頬を拭った。

「大丈夫なのか？」

「ごめんなさい。私、うるさくしていませんでしたか？」

「それはないが、でも泣いてただろ」

やっぱりそこは見られていたみたいだ。

「少し嫌な夢を見て」

「お姉さんのことか？」

この人には隠し事ができないと思い、頷いた。

「そうか」

短くそう言うと彼がハンカチで私の頬を拭いた。少し強引だったけれど、おかげで現実に引き戻されて、夢の中で味わっていた悲しい気持ちが幾分薄れた。

「すみません、お騒がせして」

「いいさ。別に。迷惑なんてかけられてないし」

ぶっきらぼうだけど、私を気遣う言葉に胸があったかくなった。

「なあ、話したくないことなのかもしれないけど、俺にお姉さんのこと話してみないか？」

「それは……」

姉のことは、家族と律以外は詳しい話を知っている人はいない。できればあまり人に話をしたくないけれど……こんなふうに付き合ってもらったのだから、彼が知りたいと思うのも理解できる。

「俺、こう見えても聞き上手(じょうず)だし、頼りがいもある」

「ご自分でおっしゃるんですね」

「事実だからな」

彼は私に気を遣うってわざと尊大な態度をとって見せた。そんな彼には伝えてもいいかもしれないと思えた。きっとちゃんと話を聞いてくれる。そう確信が持てた。

＊＊＊

それは五年前、残暑が厳しい九月のことだった。

大学三年生だった私には当時彼氏がいた。大学受験の際に家庭教師に来てくれていた、稲沢淳也という三歳年上の社会人の男性だ。

私が大学に合格後、彼から告白されて付き合うことになった。家族も賛成してくれて三年間、小さな喧嘩はあったものの、仲良くやっていた。

少なくとも私はそう思っていた。連絡や会う回数が減ったのも、付き合って三年も経つとそういうものだと考えていたし、ましてや彼は社会人。私にはわからない苦労があるのだと思っていた。

いわゆるマンネリだと思い込んでいたのだ。

それと同じくして姉の紅音の様子がおかしくなった。ニコニコしていたかと思うと、突然ふさぎこむ。朝、目を真っ赤にして仕事に行くこともあって明らかに泣き明かしたような様子に家族も心配していた。

こんなときこそ自分が力になろうと、ある日の夜、私はタロットを手に姉の部屋を訪れた。

「紫織……」

「お姉ちゃん、悩みがあるならこの天才占い師の紫織さんに相談しなさい」

わざとふざける私から姉は目を逸らす。

「お姉ちゃん？」

今まで私の占いの一番のファンだったのは姉だ。何か困ったことがあったら「紫織～お願い」と言って私の部屋に来ていたのに。今回は相当深刻なのだ。

姉は何かを吹っ切ったように、私の方を向いてニコッと笑った。その明らかに作ったような笑顔に不安になる。

「本当に、何があったの？」

姉はなおも迷っていたが、しばらく逡巡（しゅんじゅん）した後、重い口を開いた。

「実は好きな人ができたの」

「え、彼氏？」

姉は無言で頭を左右に振った。

「違うの？　でもその人のことで悩んでるんだね」

「そうなの。好きになっちゃいけない人だった」

姉の苦しそうな表情を見て、私まで胸が締め付けられるような気持ちになる。

「そんなことない。せっかく好きになった人なのにそんなこと言うのもったいない。私が占ってあげる。そうすれば何か道が開けるかも」

今までだってそうしてきた。根本的な解決にならなくても、何か解決のきっかけが掴めることもある。私はいつも通りタロットをシャッフルし始める。

ヘキサグラムの形に並べたタロットをめくっていく。過去、現在、未来。それらにわたって姉とその相手の気持ちを探っていく。

「最初はただの知り合いだったけれど、何かで意気投合（いきとうごう）した後、急に距離が近づいた。合ってる？」

姉が静かに頷く。そして次のタロットをめくったときに私は思わず声を上げた。

「え、両想いって出てる！　ふたりとも気持ちは同じ」

そこまで伝えても、姉の顔は暗いままだ。

「もしかして、お互いの気持ちはもう確認してるの？」

「そうなの。でも無理なのよ。彼の傍にいることはできないの」

「どうして？　もしかしてその人結婚してる？」

そうなれば相手の家庭のこともあるので、アドバイスも変わってくる。

「ううん。でも彼女がいるのよ」

「そっか……」

好きになって気持ちが通じ合った。しかし相手にはすでに彼女がいる。そういうこともあるだろう。実際に似たような相談を今まで何度も受けてきた。

「その彼女っていうのは、お姉ちゃんも知っている人なんだね。だからそんなに自分を追い詰めるほど悩んでいるんだ」

姉はハッとした顔をしてうつむいた。そして肩を震わせ始めた。

「どっちも私にとって大切な人なの」

苦しんでいる姉の姿を見ると、どうにかして手を差し伸べたくなる。小さいころから、不器用なくせに時々周囲が驚くようなびっくりすることをしでかす私の味方は、いつも姉だった。どんなときも彼女が私の傍で助けてくれた。

だからいつだって力になりたかった。

「紫織は彼を選ぶべきだと思う？　それとも私が身を引いた方がいいと思う？」

姉の質問に私はもう一度タロットをシャッフルした。今度は一枚のカードを引く。

そのカードをめくった瞬間、はっきりとわかった。姉がどうするべきなのかを。

「占いの結果は【審判】の正位置。人生のターニングポイント。諦めようとしたことが動き出すって出てる。彼のこと諦めるべきじゃない」

「諦めないでいいのかな」

姉が深く考え込む。おそらく好きな人とその彼女両方の顔を思い浮かべているに違いない。きっとここからは姉が決めるべきことだ。

「私ができるのはここまでかな。後はお姉ちゃんが頑張るんだよ」

そう言い残して姉の部屋を出ていこうとする。

「紫織!」

「ん?」

呼び止められた私は足を止めて振り返った。

「紫織は本当にそれでいいと思うの?」

念を押すような問いかけに、違和感を覚えた。しかし占いの結果そう出たのだから、そうした方がいいと思い頷いた。

「もちろん。でも最終的にはお姉ちゃんの気持ちが一番大事だからね」

占いはあくまで占いだ。姉もそれは十分知っているはずなのに、改めて聞いてくるなんて、今回は本当に悩んでいるんだなと思う。

「紫織……ごめんね」

「ん？　なんで私に謝るのよ。もう」

おかしなことを言うなと、私は笑って見せた。そうすれば姉も笑ってくれると思ったのに、この日の彼女は一切笑顔を浮かべなかった。

その時点で気づくべきだったのに、鈍い私はただ純粋に姉の心配をしていた。


その日以降も姉は浮かない顔が続いていて、私は心配していた。結局のところあまり役に立たなかったのだなと思っていたある日、自宅の最寄り駅の近くで姉の姿を見つけた。私は一緒に帰宅しようと駆け寄った。

「お姉……」

私の声に気が付いた姉が振り向く。その向こう側にいた男性を見て私は目を疑った。

「あれ、淳也君どうして……」

一昨日連絡したとき、今週は出張で東京にいない。だから会えないと言われていた。

その彼がどうしてここにいるの？

するとふたりの顔がみるみる青くなっていく。嫌な予感がするけれど私はそれを信じたくなくてわざと明るい声を出した。

「もしかして淳也君、私に会いにきてくれた？」

ふたりの様子から見て、そうじゃないことくらいわかっていた。でもそう言わなければ私の恐れていることが現実だと突き付けられるようで、そうするしかできなかった。

「紫織……違うんだ」

淳也君が何か言おうとしているけれど、私は必死になってそれを阻止する。

「え、久しぶりだしどこかごはんに行く？　私行ってみたい店がある——」

「紫織、話がある」

「お店が嫌なら、うちに来る？　久しぶりにお母さんたちにも会っていって」

「紫織！」

普段声を荒らげない彼が、叫ぶようにして私の名前を呼んだ。

「嫌、何も聞きたくないっ!!」

私も彼の声に負けないくらいの声を上げる。

「紫織、落ち着いて話を聞いてくれ。俺は紅音のことを好きになった。だから紫織、別れてほしい」

彼が一歩近づいて来て私の腕に手をかけた。

「やだ、触らないで」

はっきりと拒絶をした私に、彼は驚き目を見開いている。その後、悲しそうな顔をした。

なんなのそれ……。まるで私が悪いみたいじゃない。

初めて見た彼の態度に、怒りが爆発しそうになる。とても冷静ではいられない。目頭が熱くなり、目に涙が滲む。

そんな私を見て、姉が私と彼の間に入った。

「紫織、ごめんね。少しでいいから話を聞いて」

私に一歩近づいた姉をにらみつける。すると彼女はわずかにたじろいだ。それを見た淳也君がかばう。

「俺にまかせてくれないか。紅音は待っていて」

まるで見せつけるようなその姿がどれほど私を傷つけるのかふたりにはわからないのだろうか。

「お姉ちゃんの諦めようとしたことっていうのは、淳也君のことだったんだね。最低」

今まで姉にこんなに怒りをぶつけたことなどない。顔を見ると姉も泣いていた。しかしそれが一層私の怒りの炎に油を注いだ。

「なんでお姉ちゃんが泣いてるの？　自分がひどいことしたのに、被害者みたいな顔しないで。もうふたりとも顔も見たくない」

「待って紫織、私もすごく悩んだの。でもやっぱり淳也さんが好き。彼の傍にいたいの。ごめんなさい」

「聞きたくないっ！」

私は捨てゼリフを残すと、ふたりを置き去りにして走り出した。

「紫織」

「紫織待って！」

ふたりの声が聞こえたけれど、私はそれを振り切るようにしてその場を離れた。どうしてもこれ以上ふたりが一緒にいる場面を見ていられなかった。

家に帰ってすぐに私は部屋に閉じこもった。そこに姉が帰ってきて二階の私の部屋の前で私を呼ぶ。

おそらく両親もふたりの間に何かがあったのだとわかっていたと思う。

いつもなら家族を心配させないように、つらいことがあっても明るくふるまうようにしている。けれど今回ばかりはそうもできそうにない。

ノックの音とともに「紫織」と私を呼ぶ姉の声が聞こえる。しかし私は部屋の明かりもつけないまま、床に膝を抱えて座っていた。

ふたりで私を騙していたの？

目を閉じると瞼の裏にふたりが困った顔で私を見ている姿が再生される。信頼していた大好きなふたりに同時に裏切られた。その事実がショックで、私は自分のことしか考えられなくなっていた。

「紫織」

まだ呼びかけてくる姉に「向こうに行って！」と金切り声を上げる。

階段を駆け上る足音が聞こえた後、「どうかしたの？」という母の声がした。心配した母が様子を見に来たようだ。

「紅音どうしたの？」

「なんでもないの、お母さん」

姉のその言葉に私は反論する。

「お姉ちゃんにとってはなんでもないことでも、私にとっては重大なことなの！　もう顔も見たくない……私、消えてしまいたい」

そうだ、私がいなければ姉も淳也君も幸せになれるんだ。裏でふたりでそんな話をしていたのだろうか。大切な人に同時にふたり裏切られるなんて、こんなみじめな私、消えてなくなってしまえばいい。

　そんな思いを姉にぶつけた。

「紫織！　なんてこと言うの。出てきなさい」

　母の声が聞こえる。声色からかなり心配しているのがわかったが、そんなことを気にかけている余裕などなかった。

　私はかたくなに口を閉ざした。それから一時間ほど姉が私に呼びかける声が聞こえていたが、母が「もうほうっておきなさい」と声をかけると、姉は自分の部屋に戻っていった。

　それから数日、私は部屋に閉じこもった。姉が仕事に行っている間にあれこれすませて、姉が帰ってきたら籠城（ろうじょう）する。子供じみたことだと思うけれど、姉の顔を見たら怒りでどうにかなってしまいそうだったのだ。

　お姉ちゃん、好きな人の彼女が私だってわかっていて占わせたなんてひどい。私自分を傷つけるアドバイスしていたなんて、なんてマヌケなの。

　何も知らなかった自分が悔しい。こんなにみじめな思いをしたのは生まれて初めてでどう自分の感情と折り合いをつけていいのかわからない。

「紫織、いる？」

今日も姉が部屋の前から話しかけてくる。何度も電話もメッセージももらったけれど、すべて無視している。読んでさえいない状態だ。それを知っているから姉はこうやって毎日私の部屋の前で話しかけてくるのだ。あの日から毎日、毎日。

「本当にごめん。私、すごく悩んで……」

「謝るなら、なんで最初から裏切るようなことをしたの？　今更遅い。消えてしまいたいって思う私の気持ちなんかわからないよね？」

相手を傷つけるための言葉を投げつける。姉の気持ちなんて一ミリも考えずただ自分が傷ついた分だけ、相手も傷つけばいいと思っていた。

それまで何か話そうとしていたドアの向こうからは、姉のすすり泣く声がしばらくの間聞こえてきていた。

それから三日後。

「紫織、紫織、大変よ！」

母が慌てた様子で私の部屋をノックする。姉とのことがあってからまるで腫物(はれもの)に触るような態度だったのに、明らかに焦っている様子に私も驚いて普通に部屋のドアを開けた。

「どうかしたの？」

もうこれ以上何があっても驚かないとその瞬間まで思っていた。けれど母が私に見せた手紙を読んで指先が震えるほどの衝撃を受けた。

「お姉ちゃんが家出？」

渡された便箋には姉の几帳面な文字が並んでいた。そこには今日までのことを両親に説明する内容と、私への謝罪が連なっていた。

最後には【消えるなら紫織じゃなくて、私。どこか遠くで生きていきます】と書かれていた。

「そんな……うそでしょう」

慌てて隣の姉の部屋に駆け込む。そこはいつもなら整理下手の姉らしく散らかっているはずなのに、今はきちんと整理整頓されていた。その閑散とした様子から姉の覚悟を感じた。

「紫織、あなた淳也君の家の鍵持っていたわよね。行くわよ」

母も私と同じくらい動揺しているはずなのに、すぐに姉を探し始めた。

「え、うん。すぐに準備する」

私は部屋のチェストの引き出しに置いてある彼の部屋の鍵を取り出す。一緒に行った遊園地のマスコットキャラクターがいつもと変わらない様子で笑っていた。

母の運転する車で淳也君のアパートを訪ねる。

鍵を開けてみると、がらんとしていてすでに引っ越し作業を済ませた様子だった。

「淳也君まで……」

車の中で何度も姉に連絡を入れていた。同じように淳也君にも電話をかける。しかし彼の電話は解約されていた。

「そんな……私のせいだ」

目の前の何もない部屋を見て、自分が姉にぶつけた言葉の重みに押しつぶされそうになる。消えてなくなりたいと思ったのは本気だ。でもここまで姉を追い詰めることになるなんて、自分のことに精いっぱいで思い至らなかった。

「とりあえず、知り合いや会社に電話しなきゃ。紫織、帰りましょう」

「うん」

母も動揺はしていただろうけれど冷静でいるように努めていた。こんなことを引き起こすきっかけを作った私に対しても、何も言わずにいてくれている。

「ああ、お姉ちゃん。どこなの」

帰りの車の中でも、何度も姉に連絡をした。そして帰ってきてほしいとメッセージも何度も送った。

しかし姉から返事はなかった。

そう、私が姉からの連絡をすべて無視したのと同じように、それから一切の連絡はなかったのだ。

＊＊＊

「だから私は、姉を探さないといけないんです」

やっぱり思い出すと胸が苦しい。自分のかたくなさで姉と淳也君を追い詰めた。あれからどれほど後悔しただろうか。そして今も後悔し続けている。

目頭が熱くなってきた。慌てて押さえて涙がこぼれないようにする。

ずいぶん長い話だったし、感情が高ぶって言葉が出てこないこともあった。それでも副社長はずっと私の話を聞いていた。

「そうだったのか。お姉さんの失踪にそんな経緯（けいい）があったんだな」

「はい」

律以外の人に初めて話をした。

「でもお前がそんなふうに思い悩む必要なんてないんじゃないのか。そもそも向こうがお前を裏切ったのが原因だろ？」

「だとしても私の占いと言葉がきっかけだったのは確かなんです」

あのときほんの少しでも姉や淳也君の気持ちを理解する努力をしていたら、今のこの結果とは違ったはずだ。

姉たちがいなくなっても、両親は事情が事情なために私を責めることはなかった。ただそれが余計に私を苦しめた。

今でも時々、両親がスマートフォンの中にある姉の画像を見て寂しそうにしている姿を見ることがある。

私さえ対処を間違えなければ両親のこんな姿を見ることもなかった。

「家族を壊したのは、私だから」

事実だけれど、自分で口にするとつらい。

「だから、お前はうそやごまかしを嫌い、言葉に気を付けているんだな」

「副社長には、なんでもすぐバレちゃう」

私がおどけて言うと、彼も笑ってくれると思ったのに悲しそうな顔をした。

「誰かの過去や、誰かの言葉のために自分がこうあるべきっていう人生、苦しくないのか？」

「え？」

突然真剣に聞かれて驚いた。

それって私のことを言っているんだよね。

「自分の人生を、家族であっても他の人間に支配されているのはつらくないのか？」

私が答えないでいると、副社長がもう一度私に尋ねた。

だから私は少し考えてから答えた。

「苦しいとか、つらいとかいう気持ちはないんです。もちろん後悔はありますけど。それに私が姉たちを探しているのは自分のためなんです」

「自分のため？　なんで姉探しが自分のためなんだ？　まあ家族だから居場所がわからないと心配だとは思うが」

どうにも納得できないという表情を向けられた。

「早く楽になりたいんです。姉が見つからないと、ずっと罪の意識にとらわれたまま生きていかないといけないから。だから家族が心配っていうよりも、自分のためっていう理由が大きい。失望しました？　私別に家族思いでもなんでもないんです」

笑ってみせたがうまく笑えた自信がない。

「そんな顔するな。自分を責めるんじゃない」

どうやら笑顔は失敗だったみたいだ。副社長の言葉が、罪悪感でいっぱいの私の心に沁み込んでいく。

そんな優しい言葉かけないでほしい。どうしようもないやつだと思ってくれていいのに……そうじゃないと、私。

頑張って止めていた涙があふれ出しそうになる。

「そんなふうに言われると、許してもらいたくなる」

姉は見つかっていない。問題は何も解決していないのに、長年ずっと探し続けていても見つからない焦燥感や幸せだった家族を壊してしまったという自責の念。そういった負の感情を少しでも和らげたいと思ってしまう。

我慢できず涙が堰を切ったようにあふれ出す。副社長の前だというのに止まらない。

なんとか頬を伝う涙を拭うくらいしかできない。

「ごめんなさい。泣くつもりなんてないのに」

ぐずぐずとあふれる涙をどうしようもできない。通路を歩く人がちらっと私と副社長を見た。

もしかして、副社長が泣かせたと思われているかも……。

「すみません。迷惑ばっかりで——えっ」

急に目の前が暗くなり、副社長の香水の香りをさっきよりも強く感じる。背中に回されているのは間違いなく彼の手。

もしかして私、抱きしめられてるの？

状況を見れば明らかなのだけれど、驚きすぎて理解が追いつかない。

「あの……」

「いいから、こうやっていれば誰にも見られないだろ」

確かにそうだけど、別の意味で注目されてしまいそう。

そう思ったけれど、口にはしないでおく。言ってしまったらこの温かい胸を失うことになると思ったからだ。

「ありがとうございます」

「とりあえず、思い切り泣いたらいい。借りは後でちゃんと返してもらうからな」

「抜かりないですね。でも、今はこのままでいさせてください」

あったかい。姉がいなくなってから、誰かの前でこんなふうに泣きじゃくったのは初めてかもしれない。

こんなふうに甘えさせてくれる相手も、今までいなかった。いや、自分から人に頼らないようにしていたような気がする。

自分の言葉で姉たちがいなくなってしまった。それなのに私が泣くなんて間違っているると思っていた。

そんなことを考えていたとき不意に副社長が口にした言葉にまた涙があふれる。

「春日井は十分頑張ってる。付き合いの浅い俺でもわかるくらいにな」

「ふっ、うっ……そんなこと……い、今言うの反則ですっ」

彼の胸につけていた額を、ぐりぐりと押し付ける。すると彼はクスクスと笑った。

「とりあえず今は誰も見てないから、思い切り泣いたらいい」

私はその言葉に甘えて、これまで泣けなかった分まで思いっきり泣いた。

品川駅到着後。今更恥ずかしくなってきた私は、副社長の少し後ろを歩いていた。
遅い時間だったが人が多く、うっかりしているとはぐれてしまいそうだ。
そんなとき鞄の中でスマートフォンが震えた。確認すると律からの着信だったので
その場で立ち止まり電話に出る。
「もしもし」
『紫織、今どこだ？』

「ん？　品川駅だけど」

『もしかして、宮島に行ったの？』

「あ、うん。バレちゃった？」

律にはひとりで行くなと釘をさされていたので、ばつが悪い。

声がいつもと違い、硬く冷たい。どうやら怒っているようだ。

『どうしてひとりで行ったの？　いや、今は答えなくていい。すぐに迎えに行く』

「え、いいよ。ひとりで帰れるし」

『いいから、改札出たところで待ってて』

「でも――あっ」

もう一度迎えは必要ないと伝えようとしたのに、律はすでに電話を切ってしまっていた。おそらくこうなったら電話をかけなおそうが、メッセージを送ろうが律は迎えに来るだろう。

「はあ、もう。そういう律は今どこなのよ」

独り言ちていると「何やってるんだ」と、声をかけられてハッとする。

そうだ、ひとりじゃなかったんだ。

「あの、友達から電話があって、すみません」

「だったらひとこと言えよ。すげー向こうまで歩いていってたし、後ろにお前がいると思って話しかけちゃっただろ。後ろにいたオジさんめっちゃびびってた」

「ぷっ」

思わずその光景を想像して、噴き出してしまった。

「笑うな。誰のせいだ」

「すみません。次からは気を付け……ははは」

悪いとは思うけれど、やっぱりおかしくて笑ってしまう。

そんな私を見た副社長もつられて笑った。

「まさかこの俺が恥をかかされるとはな。でもまぁ、お前が笑顔になったからいいか」

そう言った彼の瞳は、いつもの揶揄するようなものではなく柔らかく優しかった。

なんでそんな顔してるの？

副社長の顔を見て私の心臓がドキドキとうるさいくらい音を立てている。

何、なんでこんなになってるの？

胸が苦しい気がして心臓のある場所を右手で押さえる。

この胸の痛みの意味にうすうす気が付いている。でも認めてしまったら止められない。そう思うとかたくなにその気持ちから目を背けたくなる。

でもわかってる。そう思う時点でもう好きになっちゃってるって……。

恋をしている暇はない、姉を差し置いて幸せになるわけにはいかない。

「タクシーで送っていく。行くぞ」

「あ、はい」

歩き出した彼の後を追おうとして、ハッと気が付く。律が迎えに来るんだった。

「あの！」

「なんだ。土産ならもう十分買っただろ」

「はい。いや、お土産じゃなくて」

「自分で食べる分か？」

「いや、それも十分向こうでいただきましたから」

「だったらなんだ」

副社長が足を止めて私を振り向いた。

「友達が迎えに来てくれるので、改札で失礼します」

今となっては律が迎えに来てくれることがありがたい。今の私は副社長を意識してしまっている。少し冷静になって自分の気持ちを見つめたい。こんな気持ちになること自体許されないのだから。

「あ?」

横柄に聞き返された。

「え、だから……」

雑踏に紛れてちゃんと聞こえなかったのだろうか。私がもう一度同じことを言おうとする前に彼の方が口を開いた。

「その友達って男か?」

「えっ?」

「だから、男かどうか聞いてる」

「はい。そうですけど。姉を一緒に探してくれている弁護士の幼馴染みなんです。きっと宮島での成果を聞きたいんだと思うんですけど」

それが何か問題でもあるのだろうか。友達は友達だと思うけど。

「俺も待つ」

「はい?」

なんだかとっても変なことを言い出した。さっきから彼の言葉を聞きなおしてばかりだ。

「だから、お前をひとりにしておけないから俺も一緒に待つ」

「大丈夫です。改札にはまだ人がたくさんいますから。心配しないでください」

子供でもあるまいし、迎えを待つくらいひとりで平気だ。

「いいから、行くぞ」

さっさと歩き出した副社長の背中を「待って」と言いながら追いかけた。

改札を出て人の少ないところで、律の到着を待つ。なぜだか副社長も一緒に。

彼は腕を組んでむっとした表情で壁にもたれている。明らかに不機嫌そうだ。

なんだか気まずい。さっきまで機嫌がよかったと思ったのに、私何か失敗したかな。

「あの、今日はお疲れでしょうから、先に帰ってください」

気を遣ってそう言うと、ちらっと私を無言で見る。どうやら余計に不機嫌になったみたいだ。私はこれ以上何も言わない方が身のためだと思い、それ以降は黙ったまま彼の隣に立って律の到着を今か今かと待った。

気まずい！　律早く来てよ。

そもそも律が迎えに来るなんて言わなければ、今頃タクシーの中なのに。

さっきは感謝したはずの律に心の中で悪態(あくたい)をつく。我ながら自分勝手すぎる。

それでも思わず八つ当たりしたくなるほど空気は悪い。

ため息をつきそうになったとき、駅のコンコースに律の姿を見つけた私は、思わず笑顔で手を振った。

やっとこの気まずさから解放される！

そういう気持ちだったのだけど……。

「ずいぶん、うれしそうだな」

「え？　そんなことないと思いますけど」

副社長といるのが気まずいなんて、口が裂けても言えない。私はほころんだ顔を元に戻して、向こうから走って来る律を待った。

「待たせてごめん」

目の前に来た律は、急いで来たのか息が少し上がっている。そのまま視線を副社長に向けた。

「こちらの方は？」

「土岐さんです」

「いや、名前じゃなくてどういう関係かって……」

「一緒に旅行する関係だ」

それまで黙っていた副社長が急に私の肩を抱き寄せたので「ひゃあ」という変な悲

鳴が出た。

それと同時に急に彼の体温を感じてドキドキしてしまう。ほのかな恋心を自覚しつつある今、それはかなり刺激が強い。

私はなんとか彼から距離を取ろうともがくけれど、腕の力が強くなっただけだった。

「いや、確かに一緒に宮島には行きましたけど」

「一緒に？　宮島に⁉」

「そうだけど……」

律の剣幕に押されて戸惑いながら頷く。いったいどうしたというのだろうか。

「悪かったな。ふたりで楽しんで」

副社長が律を挑発するような言い方をする。

「いや、姉探ししただけですよね？」

私は律の機嫌が悪くなるのを感じて慌ててフォローする。

「なんだよ、さっきはあんなに甘えてきたのに」

「待って？　紫織が？」

律が驚いた顔をした後、明らかに不機嫌になった。

「わ～なんでそれバラすんですか」

正直子供みたいに泣いたなんて、幼馴染みの律に知られると恥ずかしい。

「事実だろ」

「それはそうですけど！」

副社長に抗議する私の手を律が掴んだ。その顔がちょっと怖い。

いったい何に怒っているの？

「では、失礼します」

「わっ……待ってよ」

律が私の手を引いて歩き出した。いつもにはない強引さに驚いたけれど、そのまま立ち去るわけにはいかない。

「副社長、今日は本当にありがとうございました」

若干引きずられながら歩く私に、副社長は聞こえたよとでもいうように手をこちらに上げて合図をしてくれた。

帰ったらもう一度、お礼のメッセージを送っておこう。

私の手を引いたまま歩く律の方へ体を向けて必死になってついていく。

「ちょっと、律。歩くの早くない？」

「別に。もう遅いから早く帰りたいだけ」

「だったら私、自分ひとりで帰ったのに」

ふてくされる私だったけれど、すぐに律のブルーの車が駐車場に停まっているのが見えてそれ以上は何も言わないことにした。

いつものように助手席に乗ると、運転席に乗った律が「はぁ」と大きくため息をついた。そしてそのままハンドルに額をつけてうつむく。

「悪かったね。手、痛くない？」

そのまま顔だけをこちらに向けた。

「うん。そこまで強くなかったから平気。ありがとう迎えに来てくれて」

頼んだわけではないが、迎えに来てくれたのは事実だからまずお礼を伝える。しかしその言葉を聞いた律はまた深いため息をついた。

「そんな顔してお礼を言われると、罪悪感が増す」

「なんで？　別に悪いことしてないでしょ？」

なぜ律が自分を責めるような気持ちになっているのか理解できない。

「ほら、早く出さないと、駐車料金上がっちゃう」

「わかったから、シートベルトして」

「うん」

車に乗るまではいつもと様子が違っていたけれど、少し落ち着いたみたいで雰囲気がいつもの彼に戻っていた。

彼の落ち着いた様子を見て私もほっとする。

「あ、いいものがあるの。もみじ饅頭（まんじゅう）」

膝にのせていた紙袋からひとつ取り出して見せる。

「なんと！　律の大好きな白餡（しろあん）」

きっと喜んでくれるだろうと思ったのに、律は前を向いたままぶっきらぼうに「ありがとう」と言うだけだった。

「あれ、もしかしてこし餡が好み？」

「いや。そういう問題じゃなくて」

信号で止まった途端、律が私の方を向いた。

「なんで僕に黙って宮島に行ったの？」

そのことで機嫌が悪いのか。確かに一緒に行くという約束を破って、勝手に行ってしまったのはいけなかった。

「ごめんね。でもお姉ちゃんがいると思うと、いてもたってもいられなくて」

「だからといってひとりで行くなんて何かあったらどうするんだ？」

「大丈夫だよ。海外に行くわけでもないし」

「それに、なんであの男と一緒だったんだ。ん？　土岐ってもしかして土岐商事の副社長？　この前の話の紫織を脅迫したっていう？」

「いや、脅迫ってほどじゃないんだけど」

弁護士の律から脅迫という言葉を聞くとなんだかものすごく物騒に聞こえる。私は慌てて否定したが、彼の顔は険しいままだ。

「それが昨日たまたま連絡があったの」

「なんの用事で？」

「占いの依頼だったの。でも宮島に行くからできないって伝えたの。そしたら朝、駅についたら副社長がいて」

「ストーカー行為だな」

「いや、だから物騒な言い方しないでってば。どうしてすぐに悪い方にとっちゃうの？」

「……ごめん」

それっきり律は黙り込んでしまった。どうやら今日の彼はすごく気難しい。付き合いが長い私も、彼が何に対してこんなにイライラしているのかわからないでいた。

しばらく経って彼はまた口を開いた。

「で、お姉さんはやっぱりいなかったんだな」

「うん。親類の家を訪ねてみたけど電話で言われた通り。それから周囲をあちこち聞いて回ったけど収穫なかった」

苦笑いを浮かべると、律も顔を曇らせた。

「そうだったのか……残念だったな」

「うん。また一からふりだし」

あははと笑って見せると、律がちらっとこっちを見た。

「え、どうかした？」

「いや、いつもならこういうときものすごく落ち込んでいるから、ちょっと意外」

「ああ、そうかもしれない。今日はもうひとしきり落ち込んで副社長に慰めてもらったからかなぁ……おっと」

ちょうど家の前に到着した。そのとき律がきつめにブレーキを踏んだ。いつも安全運転の彼らしくない。驚いて彼を見ると彼は目を見開いてこちらを見ていた。

何。どうしたの？

こっちを凝視する律を私も見つめ返す。

「あの男に慰められたのか⁉」

「え、あ、うん」

副社長の胸を借りてぐずぐずと泣いてしまったことを思い出して、恥ずかしくなり顔が赤くなる。

「なんだよ。その反応」

「いやちょっと、色々あって——」

「僕は、あの男は嫌いだ」

「ちょっと律？」

人当たりのいい彼がこんなことを言い出すなんて意外で驚いた。

「僕の方が付き合いが長いだけ、紫織のことをわかってる。あいつは紫織に悪い影響を及ぼす。第一出会ったばかりのやつと長時間ふたりでいてほしくない」

律が私の腕を掴んで、顔を覗き込んできた。その真剣な表情にたじろいでしまう。

「律、本当にどうしちゃったの？　向こうは暇つぶしだって。それに出会ったばかりっていうけど、副社長だから私の方は入社当時から知っているし、身元だってきちんとしてるよ」

性格はともかく、身元についてはそれはもうこの上ないほどちゃんとした人だ。

「それでも僕が嫌なんだ」

「何言ってるの？　律、今日は変だよ」

「……確かにそうかもしれない。ちょっと頭冷やす」

「うん。疲れてるのにわざわざ迎えに来てくれてありがとう。おやすみ」

私はもう一度彼にお礼を言うと、車を降りた。

「じゃあ、気を付けて帰ってね」

私の言葉に律は軽く手を上げて応えてから車を発進させた。走り去っていく彼の車を見て、改めて今日の律はちょっと変だったなと思う。門扉を開けて家に入ろうとすると、バッグの中でスマートフォンが震えた。取り出して確認すると、副社長からの着信で慌てて出る。

「もしもし」

『今どこだ？』

「自宅に到着したところですけど」

藪(やぶ)から棒(ぼう)に聞かれて考える暇もなく素直に答えた。

『車からは降りたのか』

「はい」

『ならいい』

「あの……」

私がまだ話をしていたのに、ぶちっと電話は切れてしまった。茫然（ぼうぜん）としてスマートフォンの画面を見つめる。

「もう！　いったい何なの？　今日はみんな変なんだから」

私は唇を尖らせながら家の中に入る。まだ起きていた母にお土産だけ渡して、早々（そうそう）にシャワーを浴びて自分の部屋で休むことにした。

明日は会社は休みだが、リーラとしての仕事がある。疲れているけれど待ってくれている人がいるなら、頑張らなくちゃ。

でも……今日は残念だったな。

望みは薄いと思っていたけれど、やっぱりなんの手がかりもなかったので落ち込む。もう何度も経験しているけれどいまだに慣れない。

「はぁ。お姉ちゃん。どこにいるの？」

スマートフォンに保存してある姉の写真を見ながら話しかける。当然返事なんてない。画面を消して目をつむる。

するとなぜだか、私を慰めてくれていたときの副社長の顔が思い浮かんだ。顔がかぁと熱くなる。それと同時に胸に甘い痛みが走る。

お姉ちゃんが見つかってもいないのに、恋なんてダメ。

そう思う気持ちは本当なのに、どうしても副社長のことを考えると胸が締め付けられるように痛い。

今日の彼の様々な表情が頭の中に浮かんでくる。はにかんだ笑顔、私を励ます優しい表情、ちょっと不機嫌な顔でさえ私を甘やかな気持ちにさせる。

でも副社長ってばいきなり宮島までついてくるなんて、仕事はできるのかもしれないけど、ちょっと変わった人だな。

たとえ彼の言う暇つぶしでもなんでも、私が今日彼に気持ちを救われたのは確かだ。

さっきは急に電話が切れてしまったのでまともにお礼も言えていない。

私は短いお礼のメッセージを副社長に送るとすぐに、睡魔に負けて眠ってしまった。

第三章　【ワンドの8】動き出す今

デスクの引き出しの中でスマートフォンが震えている音がする。仕事を終えてデスクの整理を始めた途端鳴り始めたスマートフォンを取り出し確認する。律か。何かあったのかな？

慌ててメッセージを確認すると、明日の夜飲みに行かないかという誘いだった。しかし私は金曜の夜から土日は占い師として働いている。それを知っているはずなのに、どうしたっていうのだろうか。

【週末は忙しくて無理。来週水曜日はどう？】

手短に返信して急いで帰宅の準備に戻る。金曜の夕方はゆっくりしている時間はない。少しでも早く占いの館に向かいたいのだ。

こういうときに限ってパソコンの電源が落ちるのに時間がかかる。イライラしても仕方ないとわかっていても焦ってしまう。やっと画面が暗くなったのを見て「おつかれさまです」と周りに声をかけて慌ててフロアを後にした。着替えるためにロッカーのある二階下の更衣室に向かおうとエレベーターホールに行ったけれど、同じように帰宅する社員でごった返していたため、階段を使って下りることにした。

　しかしそこでまたバッグの中でスマートフォンが震え始めた。急いでいるから後で確認しようと無視していたけれど、ずっと震え続けている。電話みたいだ。

　きっと律だ。

　鳴りやまないので私はバッグに手を入れて電話に出た。

「律、だから今日は無理だって言ったのに——」

『律って、あの弁護士の男か？』

「えっ、誰？」

『俺の声がわからないのか、もうクビでもいいだろ』

　そんな言い方する人なんてひとりしかいない。副社長だ。

「申し訳ありません。てっきり律だと思って」

『不愉快(ふゆかい)だ』

　はあ、なんだか地雷を踏んでしまった。もちろんクビにされることはないだろうけれど、不機嫌なのは声だけでわかる。

「すみません。そして大変申し上げにくいんですけど、予約の時間が迫っているのであまり長く話せないのですが」

『悪い、今日金曜日か』

どうやら曜日の感覚がなかったようで、素直に謝られた。さっきまでクビにするって言ってたのに、おかしくなってクスクス笑う。

『じゃあ、用件はメッセージで送っておく』

「お願いします」

すぐに通話を終えて、ロッカールームに急ぐ。占いのお客さんを待たせたくない一心で必死になって着替えを済ませて会社を出た。

最近、私の電話はものすごく騒がしい。これまではたまに律から連絡があるくらいだったのに、最近は副社長も何かと連絡をしてくることが増えた。

会長の占いの依頼ならば理解できるのだが、そうじゃなくどうやら暇つぶしのようで、たいてい内容なんてない。副社長ってそんなに暇なの？　と思ってしまうほどだ。

でもそれが嫌じゃない。むしろ楽しみにしている自分がいて混乱する。どんどん大きくなっていく副社長への気持ちをどうしたらいいのか私はわからなくなっていた。

姉のことが解決していないのに、恋愛をしている暇なんてない。

それに加えて、前は用事がなければかけてこなかった律も、何かしら理由をつけて電話をしてくることが増えたし、食事や飲みの誘いも増えたように思う。

そもそも私もそこまで外出が好きなわけじゃないのに、そんなに頻繁に誘われても困るというのが本音だ。

とにかく日常のペースが乱されて困っている。

遅れそうになりながら占いの館に到着した私は「こんばんは～」といつものようにマキちゃんに声をかけた。

すると「いらっしゃ～い」といつもよりも少しだけ明るい声が返ってきた。

「マキちゃん、もしかしていいことあった？」

「あらやだ！　さすがリーラ先生。わかっちゃう？」

真っ赤なマニキュアに大ぶりなアメジストの指輪を着けた手で、少し赤らめた両ほほを覆って照れ隠しをしている。

「もしかして、彼氏といいことあったの？」

「そうなの！　あ、それでね、来週から二週間ほどこの館お休みするから」

「えっ！　なんだか急だね」

「ごめんね。予約のお客様には私から連絡しておいたから。ちょっとね、むふふ。っむふふふふ」

何かを思い出してちょっと不気味と思わないでもない笑いを浮かべるマキちゃんを

置いて、私はロッカーに荷物を置いて着替えを済ませた。

さっきまで頭を占拠していた悩みは荷物と一緒にロッカーに押し込んで、リーラへと変身する。

自分のブースに入り、テーブルやタロットの準備を済ませると深呼吸した。

「どうぞ、お入りください」

私の週末が始まった。


その翌週。

「はぁ、久しぶりの何もない週末！」

急遽占いの館が休みになったので、金曜の仕事終わりはひとりでぶらぶらしようと決めていた。本屋さんで週末に読む本を買って、それから映画もいいかもしれない。何かいいのを上映していないか、立ち止まってスマートフォンで検索する。

「俺は、これがいい」

突然目の前に誰かの指が差し出されて驚き顔を上げる。

「副社長。いったいどうしたんですか？」

驚いて声を上げる。会社の最寄り駅だから彼がいてもおかしくないのだけれど、それでも偶然に私の目の前に現れる可能性はそんなに高くないはずだ。

「だから、見るならこれがいい」

「いや、映画の話じゃなくて」

「映画見ないのに、そんなサイト見てたのか？」

「そういう意味じゃなくて！」

我慢できなくなった私が声を上げると、副社長はクスクスと笑い出した。

「仕事が終わって車で帰ってきたらお前がいた。だから追いかけてきた。いけない？」

いけない？って聞かれて「はい」と、ほのかな恋心を抱いている相手に答えられるほど私の意志は強くない。

「そうなんですね。おつかれさまです。では」

これ以上話をしていたら、向こうのペースに巻き込まれるのは目に見えているので、さっさと退散することにした。

「ちょっと待った」

「ひっ」

腕に掛けていたバッグを彼が掴む。逃亡が失敗して変な声が出た。

「映画行くんだろ。俺も行く」

「でも、副社長はお忙しいでしょう？」

「このくらいの時間はあるさ」

そう言いながら彼はポケットからスマートフォンを取り出して、どこかに電話を掛けた。

「今日はこれで帰る。後は頼んだ」

おそらく秘書の桑名さんに連絡しているのだろう。相手の返事を待たずに通話を切るのはどうやら相手が私に限ったことではないらしい。

「これで問題はない。行くぞ」

歩き出した彼の後を反射的に追いながら思った。「どうしてこうなったの？」と。

自分のせいで姉がいなくなってしまった。そのせいで両親も悲しい思いをしているし、姉も本当ならば家出などしたくなかったはずだ。自分だけ幸せになるなんて許されないのに。

彼の背中を追いかけながら、ダメだと思いつつもうれしいと思っている自分がいた。

駅の裏側にある映画館。今日みたいに休みの前の日で占いの予定がないときはひとりでふらっと寄って、見たい映画を見ている。ここ最近は忙しくて半年ぶりだ。

金曜日の十九時前とあって、そこそこ人が多い。私が券売機に向かって歩いていると副社長が先に行ってしまう。足の長さが違いすぎるので競争したら不利だ。

「あの、私が出しますから。この間宮島に行ったときも色々してもらったので」

このくらいでは借りを返すことにはならないだろう。けれど何もしないよりはいいと思えた。

「あのときは俺がしたくてしただけだから。それに今日も俺の見たい映画だから……って、ないな」

「なんでだろう」

電光掲示板を確認した。十九時半から始まる予定の映画がない。

私はもう一度スマートフォンで映画館のサイトを確認する。そこにはちゃんと十九時半からの回があるのに……。

「おい、お前。この上映スケジュール明日のじゃないか？」

「うそ……あ、本当だ」

手元の画面をもう一度確認すると私が見ていたのは明日のスケジュール。一日間違えていた。そして社長が見たいという映画は今日の回はすでに終わってしまっている。

「え～すみません。どうしよう。別のにしますか？」

「いや、俺はあれがいい」

むすっとした顔でまるで子供のようにわがままを言われて困ってしまう。

「でも上映してないんだから仕方ないじゃないですか」

「それはそうだ」

嫌にあっさり引かれてこちらが肩透かしを食らった。

もう、ひねくれているのか、素直なのかどっちかにしてほしい。

「だったら映画は後日ということで。今日はすみませんでした」

頭を下げてこの場を収めようとした……というか、逃げ出そうとした。

「なあ、もしかして帰ろうとしてる？」

「え、ああ。まぁ」

早速バレてしまって、目が泳いでしまう。自分でもわかりやすい態度だと思うので彼が気づかないはずない。

だって、そもそも見る映画がないんだから帰るのが普通じゃないの？

ちょっと残念だと思うけれど、自分の気持ちを抑えるにはこれでよかったのだ。

「俺と一緒にいて帰りたいなんて言うやつ、お前が初めてだよ」

「恐縮です」

「別に褒めてない……。そっか、近くにあれがあるな」

副社長がスマートフォンを取り出して何か調べ始めた。私はその場を離れるわけにもいかず黙ってそれを眺める。もちろん逃げ出すタイミングを計りながらだ。

「よし、ついてこい」

「え？　いや、今からですか？」

「そうだ。せっかく仕事オフにしたんだから、付き合え」

「えー」

抗議の言葉もむなしく、副社長は私の手を掴んだ。

私は引きずられるようにしながら、込み合う映画館のロビーを必死になって副社長についていった。


そして引きずられること……もとい、歩くこと十分弱で到着したのは、プラネタリウムだった。

「うわぁ。最近ってこんなにおしゃれなんですね」

館内に一歩踏み込んだ瞬間から、宇宙にまつわるものがあふれていた。売店で売られている商品も、併設のカフェのメニューも、アポロ、ベテルギウス、アンドロメダなんて名前が付けられていて、見ているだけでもわくわくする。

「こっちだ」

副社長は慣れた様子で進んでいく。ここも週末だからか人が多く、カップルが目立つことからデートスポットなのだとわかった。

ぼんやり考えながら副社長についていく。

っていうか、もしかして周りの人から見たら、私たちもデートに見えるのでは？

周りを見渡すと周囲にいる女性の視線が副社長に向けられていることに気が付く。みんな思わず彼を目で追ってしまうようで、カップルで来ていてもやはりあれだけパーフェクトな人間を見ると注目してしまうのだろう。隣の彼氏が複雑な表情をしているのをなんとも言えない気持ちで眺める。

しかし彼に向けられた視線が次に彼と行動を共にしている私の方に向けられた途端、女性の顔が「え？」と驚きに変わり、そのうえ何度もふたりを見比べている。

そうなるよね、やっぱり。

私みたいなちんちくりんが一緒に歩いてると、不思議に思うよね。私も当事者じゃなかったらきっとそう思う。

でもこれはなんとなく流れでそうなったわけで別にデートってわけじゃないから、

みんな安心してほしい。

そこまで考えてさっきほんの少し『もしかしたらデートに見えるかも』なんて思った自分がおこがましかったと気づき反省する。

正確には上司の気まぐれに振り回される部下デス。

ほんのりとした好意を抱いているのは私だけなのだから、これはデートではないだろう。

「おい、どうかしたのか？」

周囲の視線に耐えながら後をついていっていたとは言いづらく笑ってごまかした。

「あれ、こっちじゃないんですか？」

人の流れとは違う方向に彼が歩いていく。プログラムの上映があるのは向こうのホールだと思うのだけれど。

「ああ、俺たちはこっちでいいんだ」

「そうなんですか」

副社長はわかっているようだ。どうやら別の回を見るのかもしれない。急だったのでいい時間がなかっただけなんだろうなと思ったのは、私の早とちりだった。

副社長が重厚（じゅうこう）な扉を開き、彼に続いて中に入る。

「うわぁ。素敵！」

ホールは薄暗いけれど、足元をLEDキャンドルが照らしてくれている。ホールの真ん中には円形のふかふかのソファとクッションがいくつか置かれていて、ふたりで横になっても十分な広さがある。その脇には星形のサイドテーブルもあってとてもかわいい。

思わず走っていって眺めると自然と感嘆の声が漏れた。

そんな私を見て満足そうな彼はその場で靴を脱ぐと、ソファにどかっと座った。

「ほら、お前も」

「そこに、ですか？」

「そこ以外どこに座るつもりなんだ」

「私だったら、あの後ろの方にある椅子で十分なんで」

入口近くにある椅子を指さすと、彼は不機嫌そうな顔をした。

「なんで一緒に来たのに、わざわざ離れて見るんだよ」

「それは、だって」

ソファは広いけれど明らかにカップル向けに作られたもの。そんなものに副社長と一緒に座るだなんてできない。

「いいから、ほら」

「きゃあ」

ぐいっと手を引かれてよろけた。そのはずみでうっかり副社長の膝に座ってしまった。

「あ、ごめんなさいっ！」

慌てて下りようとする私を、彼の手が引き留める。

「俺は別にこのままでいいけど。もし嫌なら、ほらこっちに座れ」

そう言って彼の隣にあるクッションをポンポンされて、そこに座るように示された。

「でもそれは……」

「だったら、このままだな」

それはどう考えても無理！

今こうしてる間も恥ずかしくて顔がどんどん熱くなっているのがわかる。こんな状態でプラネタリウムに集中できる自信がない。

「だったら、ほら」

もう一度隣に座るように今度は視線で促（うなが）された。

選択肢がふたつしかないのだから仕方ない。自分に言い聞かせて彼の隣に腰を下ろした。

「ほら、靴も脱いで」

「はい」

素直に彼と同じように靴を脱いだ。逆らったら、無理やりにでも脱がされそうだ。

はぁ。もう心臓に悪い。背中にあるクッションとは別に隣に置いてあったクッションを手にしてぎゅっと抱きしめる。ドキドキうるさい心臓を収めようと小さい深呼吸を数回して気持ちを落ち着けた。

「はぁ。落ち着く」

彼がごろんと寝転んで天井を眺めている。まだ上映は始まっていないが、綺麗なライトで照らされていて幻想的だ。

「落ち着きますね。プラネタリウムって今こんなふうになっているんですね」

小さいころに一度遠足で体験して以来久しぶりで、その進化に驚いた。

「まあ、ここは特別だろうな。新しいタイプのプラネタリウムで、写真撮影なんかもOKだから」

「へえ、SNSにアップしたりできるんですね」

納得していると、スタッフの人がランチボックスと飲み物を持ってやってきた。

「ごゆっくりお過ごしください」そう声をかけ出ていく。

「すごい、食事もできるんだ」

「ああ、レストランで用意してくれる。食べやすいようにボックスに入れてもらった。喉渇いたから始まるまで飲みながら待つぞ」

「はい」

私がグラスを手に取ると、副社長がすかさずグラスを重ねてきた。カチャンというグラスの音を聞いた後、グラスに口をつける。

一昨日梅雨入りしたばかりで、じめじめと蒸し暑い。

先ほどここまで歩いてきたので喉が渇いていた。シュワシュワとした感覚が喉を抜けていく。

「美味しい」

「そうだな。他にカクテルなんかもあるから、頼めばいい」

彼が渡してきたタブレットには、赤や青、オレンジ、ピンク、紫。色とりどりのカクテルが並んでいた。

「名前もかわいいですね。コスモとか、シリウス、デネブ、アンタレス！　どれも素敵」

フルーツやゼリーなどがふんだんに使われているものもあり目を奪われる。

「上から順番に全部頼めばいいだろ」

横から副社長手が伸びてきて、タブレットのボタンをタップしようとするのを慌てて止める。

「やめてください。そんなに飲めないですから！」

「残念だな。まあ。次来たときに飲めばいいか」

次……もある？　また一緒に来るってことだよね。そう受け取れる発言にちょっとドキッとしてしまったのは自分だけだったようで、彼は自分の分の飲み物を注文している。

「ここは食事にも力を入れているからおすすめだ」

「まさかプラネタリウムを見ながら食事が楽しめるなんて思ってもみませんでした」

映画館と違って、飲食禁止というイメージだったので新鮮だ。

「え、そういえば。他のお客さんはどうしたんですか？」

ロビーにはかなり人がいた。それなのに今、私たちはふたりきりだ。

「今まで気が付かなかったのか？」

呆れた様子で言われて、ちょっと恥ずかしくなる。

「すみません。あまりにも色々珍しくて、そこまで気が回りませんでした」

上映までまだ時間があるのかもしれないと思っていたが、他に人がひとりもいないのはやっぱりおかしい気がする。

「人がいないのは当たり前。貸し切りにしたから」

「へ？」

なんだかとんでもないことを聞いた気がする。

「だから貸し切り。ここには俺とお前のふたり」

「か、貸し切りっていったい、いくらしたんですか？」

「おいおい、デートで無粋なこと言うな」

「これ。デートなんですか？」

私の言葉に副社長の眉間に皺が寄る。私は何度彼にこの不機嫌な顔をさせているのだろうか。

「デートでなけりゃなんだって言うんだよ。男女がふたり仕事以外で会ってるんだから」

「それはそうかもしれませんが……」

もしかして私のほのかな気持ちは彼にバレてしまっているのだろうか。

「なんだまだ不服なのか?」

「そんなことありません。なんというか……いたたまれないというかドキドキすると
いうか。ものすごく緊張しているんです」

もう何年もデートなんてしていない。だから緊張しているのだと正直に伝えた。

「大いに結構。それは俺を男として意識してるってことだな」

「それはそうなります……よね」

意識するなって言われても無理だ。体温を感じるほど近い距離にいて、時折彼のム
スクの香水が香る。それに加えて薄暗い照明にキャンドル。ロマンティックな雰囲気
の中、彼を男性として意識するなという方が無理だろう。

「あ、そうだ。貸し切りならどこに座ってもいいですよね」

勢いをつけて立ち上がった。この場の空気を変えるのは我ながらいい作戦だと思う。

彼を意識してどうしようもなくドキドキしてしまっていることを知られてしまった私
は、どうにかごまかそうとしていた。

しかしそれさえも逆効果だったようだ。

「ダメだ。さっきも言ったけど、お前の席はここ」

「きゃあ」

ぐいっと手を引かれ元の位置に戻された。いや元の位置よりも副社長の近くだ。私の左肩と、彼の右腕が触れ合う。

「これはあまりにも近すぎるのでは？」

「別に普通だろ。ほら、始まるぞ」

「え、あ。本当だ」

照明が一段と暗くなった後、天井に小さな光たちが映し出された。

「わぁ」

思い切り顔を上げて上を見る。周囲に人がいないので、遠慮（えんりょ）なく声を出したけれど誰にも怒られない。

アナウンスでは、これが今日の星空らしい。いつもは街が明るすぎてここまで綺麗には星は見えない。だからこそ特別に思えた。

「こんなにたくさん……すごい」

思わず口を開いたまま眺めてしまう。三百六十度どこを見ても星、星、星だ。

「真上見てると首が痛くなるぞ。ほら」

「えっ」

彼の手が私の右肩に回ってきたかと思うと、そのまま後ろに引かれてふかふかのソファにぽふんと倒れ込んだ。

「ちょっと、これ」

「いいから、見てみろ」

言われて目を天井に向けると、さっきよりもすごい数の星が一気に目に入ってきた。

「わぁ。綺麗！　手が届きそう」

思わず手を伸ばした私をまねて副社長も同じようにした。

「ほんとだな。いつも俺たちが暮らしてるところにこんなに星があるんだな」

ちらっと顔を副社長の方へ向ける。すると綺麗な目がじっと天井を見つめている。

「でも今は副社長と私で独り占めですね」

「ふたりだから、独り占めじゃないだろ」

「そっか……」

ふたりでくすくす笑いながら、流れてくるナレーションに耳を傾ける。時折音楽だけが流れてくる時間もあってまるで宇宙の中にふたりきりのような錯覚(さっかく)に陥(おちい)った。

言葉で言い表せない雰囲気の中、ふと私の左手が彼に握られた。

ど、どうしよう。振りほどくなんてできないし、かといってこのままだと私の心臓にかなりの負担がかかる。そもそもどういうつもりで、手をつないできたのかわからない。

彼の様子をうかがうために、ゆっくりと視線を隣に向ける。

「えっ」

思わず声を出してしまってつながれていない方の右手で慌てて口を押さえる。

見間違いかもしれないと思って、もう一度確認する。

これって、やっぱり、寝てる……よね？

伏せられた長いまつげが時折揺れる。しかし目が開かれることはなく閉じたままだ。

気持ちいい音楽に心地よいソファ。少しアルコールを体に入れて寝転んでいたら、まどろむのもわからなくもない。しかも毎日激務をこなしているのだから、疲れているに違いない。こんな好条件がそろったら眠くなるだろう。

そうこうしていると規則正しい息遣いが聞こえてきた。

ふふふ……完全に寝ちゃってる。手をつないできたのはただ寝ぼけていただけみたい。寝入っているのを確認して私はつながれている方の手をゆっくりと引いた。

しかし手を動かした瞬間に、ぎゅっと握られてしまう。

「あっ」

もしかして、起きた？

心配になって顔を覗き込むと、目は閉じたままだ。

よかった。起きてない。とはいえ、この手どうしよう。起きてないけれど、手を引くこともできない。彼が起きるまでこのままってことだろうか。

それはちょっと困るかも。今も緊張していてつながれた手だけがすごく熱い。そのうえちょっと汗ばんできた気がする。手汗とか、最悪。

タイミングを見て、何度も自分の左手奪還計画を実行してみたものの、まったくうまくいかず結局まだつながれたまま。

仕方ない。諦めよう。

私は視線を真上に向けて星たちを眺める。ダイナミックな音楽からゆっくりとした音楽に変わった。小さな宇宙の中にいるしばらくの間、私はただ無心で星たちを眺めていた。

「……んっ。私」

目をゆっくりと開く。天井には星が瞬(またた)いているはずなのに、薄暗いライトで照らされているだけ。どうやら上映は終了してしまったようだ。

もしかして、私も寝ちゃった⁉

慌てて隣にいる副社長の方へ体を向けると、彼の綺麗な瞳がこちらを見ているのに気が付いた。

「わ！」

びっくりして大きな声が出てしまった。そんな私を見て彼はクスッと笑って言った。

「お前は本当にどこでも寝るな」

「すみません。せっかく連れてきてもらったのに」

そういえば新幹線でも行きも帰りも寝てしまった。指摘されて恥ずかしくなる。

「でも、今日先に寝たのは副社長ですからね」

そう指摘すると彼は口の端をわずかに上げて、人の悪そうな笑顔を見せた。

「俺が本当に寝ていたと？」

「え、違うんですか？　だって、手が」

今も握られたままだと気が付いて離してもらおうとするけれど、逆にぎゅっと握られた。

「俺の狸寝入りもなかなかのものだな。おかげでまたお前の寝顔が見られたよ」

「もう！　人の寝顔を見るなんて悪趣味です。なんでそんなことするんですか！」

恥ずかしさでいたたまれず、反対の手で副社長の胸のあたりを叩く。面白がるのもいい加減にしてほしい。

「理由聞きたい？」

「聞きたいっていうか、どうせ意地悪ですよね。いつも私のことからかって面白がって。ひどい」

軽くにらむとまた声を出して笑うのだと思っていた。けれど彼の反応は違った。

「好きだからだよ」

「えっ？」

聞き間違い、もしくはからかわれているかのどちらかだと思い、彼の顔を見る。しかし彼はいまだかつてないほどの真剣な表情で私を見つめていた。

「俺はお前が好きなんだ」

「……っ」

甘い戸惑いにどうしようもなく高鳴る胸。私はすぐに気持ちを言葉にすることができない。

彼も私のことが好きなの？

「お前は俺のことをどう思ってるんだ。聞かせてほしい」

そう言われて私は心の中で葛藤する。彼のことは間違いなく好きだ。けれど家族を不幸にした私が自分だけ幸せになっていいはずない。

「何を考えている。なんでもいい。お前の今考えていることを全部知りたい」

私に気持ちをぶつけてくれた彼に対して、きちんと向き合わないのは失礼だ。私は意を決して自分の素直な気持ちを伝えた。

「私、副社長のこと好きです」

言葉にしたらより実感がわいてきた。彼への思いがあふれ出して胸が痛い。

「だったら、俺のものになるだろ？」

彼の言葉に私は首を振る。

「どうして？」

責めるわけではなく、ただ疑問に思うというような声色で尋ねられた。

「姉の話はしたと思います。私のせいで家族がバラバラになったのに私だけ幸せになるなんて許されないです」

「そんなこと、ご両親は思ってないだろ」

「両親が思ってなくても、私が自分のことを許せない」

ぎゅっとこぶしを握って涙が出そうになるのを耐えた。彼も私が泣くのを我慢しているとわかったようで、それ以上話を進めようとしなかった。

「わかった。今日はお前の気持ちを聞けただけでいい」

なんでも強引に進めそうな彼なのに、私の気持ちに寄り添ってくれた。こういう優しさを見せられると何もかも投げうって彼の胸に飛び込みたくなる。

もちろんそんなことはできないけれど。

「ごめんなさい」

「謝るな。それに俺はお前のそんなところも含めて好きになったんだ。本当にやっかいだ」

迷惑そうな顔をしているけれど、そこにも彼の愛を感じる。私は彼の優しさに甘えることにして言葉ではなく微笑みで返した。

「でも、少しくらい、待つ間の利子をもらおうか」

つながれていた手が緩む。しかしすぐに指を絡めるようにしてつなぎなおされた。きつく握られているわけじゃないのに、彼の長い指にとらわれて振りほどくことができない。それをいいことに彼の親指が私の手のひらをゆっくりと撫でた。

くすぐったい中に混じるなんとも言えない甘い感覚。ビクンと体が跳ねそうになるのを必死になって我慢した。

その様子を見た彼は完全に面白がっている。視線をじっと私に合わせて私の反応をずっと見ている。

「こうされるの嫌？」

思いを寄せている人が相手だ。嫌かどうかと言われると、そんなことはない。

「くすぐったいです」

「それだけ？」

探るような言い方。でも素直に言えない。だって恥ずかしい。

「そうです」

うそだ。本当は胸が痛いくらい大きな音を立てている。つながれた手はすごく熱い。

「ふーん。じゃあこれは？」

ゆっくりと副社長の顔が近づいてくる。その意味がわからずに、数秒考えているうちに彼と私の距離はわずか数センチ。彼の吐息が頬をかすめたときに我に返る。しかし時すでに遅し。私はぎゅっと目を閉じることしかできなかった。

待って待って……。

うるさいくらい心臓が鳴っている。彼に聞こえてしまうのではないかと思うほどだ。

彼の息が唇にかかった。

――そのとき

「ねぇねぇ、たっちゃん。ここなら誰もいないから、イチャイチャできるよ」

「みかちゃん天才！　ほらこっち来て」

いきなり後ろのドアが開いて人が入って来た。

ハッと我に返った私は慌てて副社長を押しのけた。

「チッ」

舌打ちをした彼は、私から視線を外してしかめ面をしている。でも彼には悪いけれど、どこかほっとしたというのが正直な気持ちだ。

彼が気を取りなおしたように、ゴホンと咳払いをした。

「きゃぁ！　たっちゃん誰かいるぅ」

「うわ、なんだよ」

後から入って来たカップルふたりが大げさなくらいに驚く。その様子を見た副社長の機嫌がますます悪くなる。

「悪いが、ここは貸し切ってる。俺がキレる前に早く出ていけ」

相手の顔も見ずに、眉間に深い深い皺を寄せそう言い放つと、カップルは「ごめんなさーい」と言いながらすぐに出ていった。

「ちょっと迷い込んだだけなのに、かわいそうでしたね」

「ちょっと、迷い込んだだけ？」

ギロリとこちらをにらんだ。うっかり怒りの矛先（ほこさき）がこちらに向きそうになるのを感じて慌てて立ち上がる。

「さあ、私たちも行きましょう」

「そうだな。興をそがれた」

まだ不機嫌は不機嫌そうだけど、なんとか立ち上がってくれた。

先に歩き始めた私だったけれど、足元が暗くてうっかりつまずいてしまう。

「わっ」

「おいっ」

倒れそうになる私の手を副社長が引っ張ってくれた。今日は何度この手をこの人に引っ張られたのかわからない。

「ありがとうございます。すみません、うっかりしてて」

手はまだ握られたままだ。そのままくるっと彼の方を向かされた。

「礼も謝罪も言葉はいらない。現物支給だ」

現物支給？

意味がわからなくて首を傾げた私。ふわっと副社長の香水が濃厚（のうこう）に香ったと思った瞬間、柔らかいものが唇に触れた。

えっ？

あまりに突然のことで、私はそのまま固まってしまう。それを見た副社長が唇の端を上げて笑うのが見えた。

「おかわり」

おかわり？

どうやら私の脳は機能停止してしまったらしく、彼の言うことが理解できずにぼーっと突っ立っていた。

するともう一度彼の唇が私に触れる。今度はさっきよりも長い。彼の舌先が私の唇をなぞる感覚に現実世界に呼び戻された。

ほとんど力の入らない腕で彼を押すとすんなりと距離があいた。視線を彼に移すと彼もまた私を見ている。

「俺、なんでも最後まで成し遂げるタイプだから」

「な、なんですかそれ」

顔が熱い。唇に指を触れると先ほどの感覚が蘇ってきて慌てて振り払った。

「ほら、行くぞ」

不意打ちでキスするなんて！

「おい、もう一回見るのか？」

足を止めて考え込んでいると、すでに出口まで歩いて行っていた副社長が振り向いた。待たせると悪いと思い急いで彼の元に向かった。

さっき付き合えないと断ったはずなのに、副社長の攻撃は容赦ない。そしてこれからも手を緩める気はないだろう。いったいどういうつもりなのか。

「なんだ人の顔じろじろ見て。いくら俺がかっこいいからって、そろそろ見慣れてもいいんじゃないのか？」

からかうように顔を覗き込まれた。なんだかむっとする。私ばっかり色々考えてそんなのずるい。どんどん好きになってしまう。私には恋よりも大事なものがあるのに。

私は手を伸ばして、ぎゅっと彼の頬をつまんだ。

「な、なんだ⁉」

「仕返しです」

私は驚いた顔の副社長にひとことそう言うと、さっさとその場を離れた。

こういうときは逃げるが勝ち。

急いで歩く私の耳には、彼の愉快そうな笑い声が聞こえてきた。

月が変わって七月になっていた。私は昼間降っていた雨が上がった街を自宅に向かって歩いていた。

はぁ。今日もお客さんたくさん来てくれたなぁ。

心地よい疲労感に包まれながら、駅から自宅までの道を夜空を見上げながら歩く。

「やっぱりあんまり見えないなぁ」

あの日副社長と見たプラネタリウムを思い出す。まもなく七夕の時期なので、彦星のアルタイルや織姫星のベガが見えるのかもしれないが、今は確認できない。

あのときちゃんと解説を聞いておけばよかったな。

そう思ったけれど、副社長と手をつないでいるような状態で平穏な気持ちを保てるわけなどない。従って上の空で解説を聞いていたとしても仕方ない。

自分に言い訳をしながら歩いていると、スマートフォンに着信があった。相手は副社長。彼からはプラネタリウムでデートしてからも、こまめに連絡があった。

あのときちゃんと断ったはず。それなのにどうして私に連絡してくるのかと考えたところで仕方ない。私も彼と電話をしたりメッセージのやり取りをしたりすることが日常の中に溶け込み始めていた。

だから今日もいつもの何気ない話だと思っていたのだ。

「もしもし、おつかれさまです」

『春日井、今どこだ』

いつもなら『おつかれさま』なんて堅苦しいと文句のひとつも言うのだけれど、今日はなんだか様子が違う。

「もうすぐ家ですけど、どうかしましたか？」

『時間は大丈夫だな』

「はい。今日はもう仕事が終わったんで。すごくお客さんが多くて——」

『いいか、落ち着いて聞け』

私の世間話を彼が遮った。普段から話を聞かない人ではあるが、それでも今日はなんだか変だ。

「もう、どうしたんですか？　何か変ですよ」

笑いながら言った私は次の瞬間、呼吸をするのも忘れた。

『お姉さんが見つかったんだ』

「えっ……」

姉が見つかった？　本当に？

しばらく言葉の衝撃にぼーっとしてしまった私は副社長が何度も『春日井、聞いているのか』という声で正気を取り戻した。

「どこにいるんですか」

『箱根（はこね）のホテルで働いている。証拠の写真とお姉さんの現状について、データで送るから確認しろ』

「はい……あの、本当に姉なんですか？」

『信頼のおける調査会社に確認した。明日にでも行きたいというのなら迎えに行く』

「はい。あ、でもひとりで行けますから」

あれからどうやら彼も単独で姉の行方を探してくれていたようだ。それにしても五年も見つからなかった姉がこんなに早く見つかるなんて。

『のりかかった船だ。それに本当にお姉さんに会うなら、なんかあったときに対処できる人間が多い方がいい』

確かにそうだ。

自分の意志で失踪している姉たちは、私に会いたくないだろう。

もし面会を拒否されても、説得してこちらの気持ちは伝えたい。だからひとりじゃない方がいい。けれど両親を一緒に連れていくとなると、もし人違いだったときにまた落胆させてしまう。

それに……宮島に行ったときも彼がいてくれて本当に助かった。あの日彼が私を精神的に支えてくれた。

「では、お願いします。あの……明日ついて来てくれるのとっても心強いです」

甘えるのが苦手だった。姉たちの人生を変えてしまった私が人に甘えるべきではないと思っていた。

けれど彼はそんな私に甘えることを教えてくれた人。

『お前が素直だと怖いな。でも、明日お姉さんに会えるな。よかったな』

優しい彼の声が胸に響いた。

「はい。では明日よろしくお願いします」

『わかった。今日は何も考えずによく眠るんだ。明日は早いぞ』

「おやすみなさい」

私は電話を切ると大きな息を吐いて空を見上げた。

お姉ちゃん。明日会いに行くね。

視線の先にはスピカが輝いていた。

翌日。朝早い時間に副社長は自分の運転する車で迎えに来てくれた。

黒のSUVから彼が降りてくる。もちろんプライベートなのでラフな格好だった。

そのときになって自分の服装を初めて意識した。たまご色のサマーニットに細身のデニム。足元は何かあったときに動きやすいようにバレエシューズを履いている。

昨日は姉のことで頭がいっぱいで、服装まで気にしている暇がなかった。

もう少しきちんとした格好の方がよかったかもしれない。後悔しても今更遅い。

「おはようございます」

車から降りてきた彼に声をかける。

「おはよう。早く会いたいだろう。早速向かおう」

「はい」

今日、両親には姉に会うことを伝えていない。そうすればこの間のようにいい結果が出なくても両親が傷つかずに済む。

それに今日もひとりじゃないから。

助手席のドアを開けてくれた彼の顔を見る。

「今日は、よろしくお願いします」

「ああ」

助手席のドアを閉めながら彼は短く返事をした。

副社長の運転は心地よく、車内はとても快適だった。しかしこれまで何度も居眠りをした私でも、さすがに今日は緊張から目が冴えていた。

車窓から流れる景色を見ながら、私は姉に会える喜びと不安を胸に抱いていた。

そして副社長も、黙ったまま運転を続けてくれた。

一時間ほど経ったころ。車は温泉街を走っていた。

姉にどんどん近づいていると思うと、私は緊張で手に汗をかいた。

浅い呼吸を繰り返して、気持ちを落ち着ける。膝の上に置いていた手をぎゅっと強く握った。

「緊張しているのか？」

「あっ……はい。変ですよね。姉に会うだけなのに」

笑顔を浮かべたつもりだったが、どうやらうまくできていなかったようだ。副社長の私を見る複雑な表情から判断できた。

「五年間もずっと探してたんだ。緊張しても不思議じゃないだろ」

「そうですよね」

私は返事をしながら、昨日副社長から送られてきたデータをスマートフォンの画面に表示させて、もう一度見た。

遠くから隠し撮りされたような写真だったが、姉と淳也君に間違いない。ふたりは同じホテルで働いていて、今はホテルが借り上げた寮にふたりで住んでいるらしい。

ここに来たのは三年前のこと。

もうすぐ姉に会えると思うと、胸の鼓動がどんどん大きくなっていく。

緊張して吐きそう。

そんなことを思ったタイミングで車が姉の働くホテルに到着した。

駐車場からスロープを歩きエントランスに向かう。見事に剪定（せんてい）された木々、青々と輝く芝生。手入れの行き届いた庭の造りから、このホテルが高級老舗（しにせ）ホテルと言われている理由がわかった気がする。

エントランスに到着したとき、私は口から心臓が飛び出しそうなほど緊張していた。

「大丈夫か？　俺が呼び出そうか？」

「いいえ、早く会いたいので私が会いに行きます」

一歩前に出た私に「春日井」と彼が呼びかけた。

「困ったときは俺がいるから」

彼のこの言葉に私は頷いて、ホテルのエントランスに入った。

いらっしゃいませと声を掛けられながら、まっすぐにフロントに向かう。

人が多く行きかう中、エレベーターの方へ歩いていくスタッフに目が留まった。

それはまぎれもなく姉だった。

「おねぇ……ちゃん」

突然だったので声がかすれてうまく出ない。私の小さな声は届いておらず、姉はそのまま行ってしまいそうになる。

何度も見た夢のように姉が行ってしまう。焦った私は衝動に突き動かされるように叫んだ。

「お姉ちゃん！」

ロビーに他のお客さんがいるというのに、私は大きな声を出して姉を呼びながら走った。

三度目に名前を呼んだときに、姉がこちらを振り向いた。

目を大きく開き、じっとこちらを見ている。そのまま動かなくなってしまった姉だったが、私が近づくと小さな声で私を呼んだ。「紫織」と。

それを聞いた途端ぽろぽろ涙が流れた。走った勢いのまま姉に抱き着く。

「お姉ちゃん、お姉ちゃん！　ごめんね、本当にごめん」

五年間、会ったらどんな話をしようかと考えていたのに、謝罪の言葉しか出てこない。色々とセリフも考えていたけれど、姉に会えたことの喜びが大きくてどうでもよくなった。

「会いた……かった、お姉ちゃん」

ぎゅっと背中に手を回す。姉は本当に小さな声で「紫織」と私の名前を呼んだまま固まってしまった。なんの反応もしない姉に対してもなお抱き着き、姉の背中に回した手にさらに力を込めた。

「ちゃんと話を聞いてもらいたい。そうじゃなきゃ今日は帰れない」

思いのままに、ますます腕に力を込める。そんな私の固い意志の前に、諦めたらしい姉は、そっと私を抱きしめ返してくれた。

「ごめんね、紫織。ちゃんと話をしよう」

その言葉を聞いた瞬間、張り詰めていたものが緩み私の涙腺(るいせん)を崩壊させた。

「うっ……う、お姉……ちゃん、私こそ、ごめ、ごめんなさい」

泣きすぎて言葉になっていない。でも姉は何も言わずにただ私の背中を抱きしめてくれていた。

「ふぅ」

お茶を一口飲んで息を吐き出す。

「落ち着いたか？」

「はい。すみません。何から何まで」

私と副社長がいるのは姉が働いているホテルの一室。私たちがロビーで抱き合っている間に、副社長がこの部屋を使えるようにしてくれた。

部屋は和洋室といった造りで、畳(たたみ)の上に座卓と座椅子が並んでいながら衝立(ついたて)の奥にあるフローリングのスペースにはベッドとソファが置いてある。広くて落ち着いた雰囲気の部屋だった。

「あの……でも、こんないい部屋使わせてもらえたんですね」

姉の仕事が終わり次第、会うことになっている。改めて訪れても問題なかったのだが。

「いや、ここは俺が予約しておいたんだ。何があるかわからないから、部屋があった方が便利だろ？」

「そんなことまで……本当にありがとうございます。でも昨日の今日でよく予約とれましたね？」

「俺にできないことはない」

ふんぞり返りそうな勢いで胸を張る副社長に呆れながらも笑ってしまった。彼が言うと冗談に聞こえないところが怖いけど。

「助かりました。姉、そろそろ来ると思うんですけど」

早朝からのシフトで働いていた姉は、まもなく仕事が終わる予定だ。終わり次第、この部屋にやって来ることになっている。

そのとき、部屋に呼び鈴の音が聞こえた。姉が来たようだ。走っていきすぐに扉を開けた。

「どうぞ」

「ありがとう。あの、それと。彼も一緒でもいい？」

彼というのは淳也君のことだ。彼とは、私がふたりの関係を知ったとき以来会っていない。

私が初めて付き合った人。別れ話さえまともにできずに離れてしまった相手だ。

でもいつか彼とも向き合わなくてはならない。姉と彼がこれからも一緒にいるなら余計だ。

「うん。私もその方がいいと思う。ふたりともどうぞ」

部屋の方を振り返ると、副社長がすぐ近くまできて私たちの様子を見守っていた。視線だけ私に向け、小さく頷いた。

そうだ、私はひとりじゃない。ちゃんと今までの気持ちをふたりに伝えないと。

私が頷き返すと、彼は口の端を少しだけ上げた。

座卓に三人で座る。副社長は少し離れた場所にあるソファにかけてこちらの様子を見ている。

「あの人は？」

お茶を淹れていると、姉が小声で副社長について尋ねてきた。

「えーと、簡単に言うと会社の上司なんだけど。ちょっと複雑な関係でね。でも私の事情を理解して、お姉ちゃんたちを探し出してくれたのも彼なの」

姉は頷いた後、それ以上副社長については聞いてこなかった。

姉妹で話をしている間、淳也君はひとこともしゃべらなかった。彼が口を開いたのは私がお茶を淹れ終わったときだった。

「紫織、久しぶりだね」

「うん。淳也君もお姉ちゃんも元気そうでよかった」

五年という歳月が経っているので記憶の中のふたりとは少し違うけれど、健康そうで安心した。

「紫織、ごめんなさい！」

いきなり姉が頭を下げた。それと同時に隣にいる淳也君も畳に額が着くほどの勢いで頭を下げる。

「私たちの裏切り行為は本当に最低なもの。だから私たちから許してほしいなんて言えない。でもあのまま家を出なかったら、私絶対後悔したと思う。でもだからといって今、まったく後悔してないかと言われればそれも違うの」

姉の複雑な心境を黙って聞く。おそらくあのときは追い詰められてどうしようもなかったのではないだろうか。私もずっとふたりを責めてばかりで話を聞こうともしなかったのだし。

「紫織、本当にすまなかった。俺がちゃんとけじめをつけなかったばかりに、こんな姉妹で仲違いさせるような形になってしまった。俺さえしっかりしていれば君たちがこんな苦労をすることもなかったはずだ」

淳也君も五年間ずっと悩んできたみたいだ。結局全員、自らの行動を後悔しながら過ごしていた。

私は話を聞きながら姉と淳也君ふたりの様子を見つめた。ずっと支え合ってきたふたり。ただの恋愛感情だけではなくお互いを信頼し合い、いたわり合っている様子が伝わって来た。

もし私があのまま淳也君と付き合っていても、きっとこのふたりのようにはなれなかったはずだ。

だから私も自分の気持ちを全部ふたりに話して、前に進みたい。

「お姉ちゃん。淳也君。私あのときふたりのことを知ってショックだった。大好きなふたりに裏切られて。お姉ちゃんは私でなく淳也君を選んだんだって、悲しくて仕方なかった」

「ごめんなさい」

姉の謝罪の言葉に淳也君も一緒に頭を下げた。

「あのときはそういう考え方しかできなかったんだけど、私だってふたりの気持ちも聞かずに自分だけがないがしろにされたって思い込んでいた。結局自分のことだけしか大事にしていなかった私が、ふたりを責められるはずない」

「紫織は悪くないの。私が淳也君を好きになったのが悪いのよ。私たちだけ幸せになるなんてダメだよ」

涙をこぼす姉。隣にいた淳也君が姉の肩を抱いた。

よく見ると姉はずいぶん痩(や)せていた。きっと色々苦労したに違いない。

こんな姉を見て責めるなんてことはできない。

でも何より姉自身が自分のことを許せずにいるような気がする。少しでも姉の持っている罪悪感を軽くするにはどうすればいいのだろうか。

そのときふと姉が先ほど言った言葉が脳内に再生される。

やっぱり私たちは姉妹だ。私も自分だけ幸せになれないと言って、副社長の気持ちに応えられずにいる。

じゃあ、これだったら……どうだろう。

「お姉ちゃん。さっき『私たちだけ幸せになれない』って言ってたけど、その心配はいらないから」

「え?」

顔を上げた姉が、涙の滲む目で私の方を見る。

「お姉ちゃんだけ幸せなわけじゃないよ。私だっているの、その……大切な人が」

ちらっと視線を副社長の方へ向ける。それまで黙って話を聞いていた彼の目が私を捉(とら)える。私も視線を返した。どうか伝わってほしい。

この間の告白を断っておきながら、勝手なことしてごめんなさい。でも今だけどうか力になってください。

すべての私の気持ちが彼に伝わったとは思えないけれど、なんとなくふわっとその趣旨が伝わったみたいだ。

一瞬下を向いた彼の口角が上がったのを私は見逃さなかった。

「もしかして？」

姉が副社長の方に視線を向けた。

「もうそろそろ、俺も話に加わった方がいい？　紫織」

「え、ええ」

いきなりの全力投球に戸惑ってしまった。ぎこちない返事をしている間に、副社長が私の隣にやって来て座った。

「紫織が自分で話をするからと言っていたので、ご挨拶が遅れました」

彼はジャケットから名刺入れを取り出すと、姉と淳也君それぞれに名刺を渡した。

「と、土岐商事の副社長？」

「はい。ですが今は紫織さんの婚約者としてここにいますので」

こ、婚約者……？

いや、確かにそのつもりで視線を送った。だからその意図をちゃんとくみ取って私の期待以上の働きをしてくれているのはありがたいことなのだけれど、その言動にドキドキしてしまう。

「紫織、よかったな。お姉さんと話ができて。彼女もお姉さんと同じように、自分だけ幸せになれないってなかなか俺の告白にOKの返事をくれなかったんですよ」

確かにそういう話をしたのは間違いないけれど、ここからいったいどこまで話を盛るつもりなのだろうか。うまく合わせることができるかどうかドキドキする。手のひらに汗がじんわりと滲んできた。

「そんなこと、今言わなくても」

慌てて隣にいる副社長の口をふさごうと身を乗り出すと、逆にその手をぎゅっと掴まれるや否や、指を絡めて手を握られた。

「なんだよ、恥ずかしがるなよ。俺は堂々と紫織の婚約者だって言えてうれしいんだ」

そう言ってニコッと笑ったまぶしい笑顔に、ことさら大げさに演技しているのだとわかっていてもくらくらしそうになる。危ない、自分をしっかり持たなきゃ。

さっきまで姉との関係をどうにかすることに必死になっていたはずなのに、今はどうこの暴走する副社長をなだめるかを考えている。

「紫織」

「あ、ごめんね」

姉たちをほったらかしにしていることに、名前を呼ばれるまで気が付かなかった。

こんなふうにあたふたしていたら、本当は私には副社長と付き合うつもりはないとすぐにバレてしまう。

だからこの手を振りほどけない。

視線の先には、ぎゅっと握られたままの私と副社長の手。平常心を保つのは無理だけど、なんとか姉たちにそれらしく見えるように努力することにした。

「まだ他人の俺が家族のことに口出しするのもアレなんですが――」

まだって何よ！

私の心の突っ込みが止まらない。

「お姉さん、一度、ご実家に顔を出されてください。お体のこともありますし」

「お姉ちゃん、どこか具合が悪いの？」

私が身を乗り出すと、副社長が手をそっと引いて座りなおすように促してくれた。

「ご存じなんですね」

姉が小さく笑った。

「ええ。実は先日あなたが病院にかかったことで、所在が掴めたんです」

「そんなこと、調べられるん……の？」

敬語を使わないように意識して語尾がおかしくなった。しかし副社長はそれを一切気にせずに、話を続けた。

「俺が頼んでる調査会社はすごく優秀だから。すぐに足が付くよ」

にっこり笑っているけれど、怖い。確かにこれまで五年間かけても見つからなかったのに、あっという間に居場所を掴んだのだからすごいとしか言いようがない。

「え、それでお姉ちゃんなんの病気なの？」

「病気じゃないんだよ、紫織」

「でも病院を受診したって……あっ」

私は姉の顔を見た。少し頬を緩めて微笑みながらお腹を撫でている。

「今、三カ月なの」

「赤ちゃんができたの？　おめでとう」

姉の今まで見たこともないような優しい笑顔を見て、私もうれしくなる。

「すごい、性別は？　あ、まだわからないか。私叔母さんになるんだ！」

思わずはしゃいでしまったが、やはりうれしくて仕方ない。

そんな私に副社長が手を伸ばし、そして頭をゆっくりと撫でた。

「これほど、祝福できるのだから、紫織のわだかまりはずいぶん小さくなっているんだと思います。ですから、一度ご実家のご両親も安心させてあげてください。初孫ですよね？　きっとお喜びになりますよ」

「……はい。ありがとうございます」

お姉ちゃんはお礼を言うと、淳也君とうれしそうに見つめ合った。

「はぁ。よかった！　本当にうれしい」

「すべて土岐さんのおかげです。ありがとうございます」

姉と淳也君が、副社長にお礼を言う。

「お礼は必要ありません。紫織からしっかりもらうので」

そう言われて、プラネタリウムのときのキスを思い出してしまい赤面する。

「なんだ、何思い出してるんだよ」

「べ、別に何も。副社長が変なふうに言うから」

からかわれているのはわかっているけど、意識しないなんて無理。しかし彼はもっと私に仕掛けてくる。

「おい、プライベートの時間なんだから副社長はないだろ。ほらいつもみたいに名前を呼んでくれないか」

「い、いつもみたいに!?」

あまりに驚いて声がひっくり返ってしまう。しかしこれを否定すると、せっかく私に彼氏がいるということで安心してもらったのが台無しになってしまいかねない。

こんな状況なのに、私をからかっているんだ。

「ほら、可也斗って呼べよ」

じっと私を見つめてくる。そんな強いまなざしを向けないでほしい。じりじりと間合いも詰まっているような気がする。私は覚悟を決めて彼の名を呼んだ。

「可也斗……さん。今日は本当にありがとうございました」

私がそういうと、彼は満足そうに微笑んだ。

そんな私のやり取りを姉と淳也君もニコニコ笑いながら見ていた。

なんとかバレずに済んだことに安堵して、私と副社長は東京に戻るために部屋を出た。

エントランスまで姉と淳也君が見送ってくれた。

「お母さんもお父さんも、会いたがってるから早めに声だけでも聞かせてあげて。あ、でも体が大事なときだから決して無理はしないで」

「わかった。紫織、私たちを探してくれてありがとう。おかげでやっとあなたにちゃんと償うことができる」

「お姉ちゃん。もういいの。私にとっては過去のことだし」

「それにこいつには今は、俺がいますから」

隣にいた副社長がぐいっと肩を抱き寄せた。

もう！　いきなり心臓に悪い!!

でも露骨に避けることもできない。

「ほら、ちゃんと恋人らしくしないと、お姉さんにバレるぞ」

副社長が耳元で囁いた。

「もう、わかってますから。っていうか、こういうの必要ですか？」

「当たり前だろう。俺たちは仲のいい恋人同士なんだから。ほらうれしそうに笑って」

私は頑張って笑顔を浮かべた。しかしどうも失敗したみたいだ。その証拠に私の顔を見た副社長がプッと噴き出した。

「ひどい！」

握りこぶしを作り彼の肩を叩く。

「あはは、ごめんごめん。どんな顔しててもかわいいよ。紫織」

演技だって、からかっているんだって、わかっている。それでも私の心臓はドキドキとうるさいくらいに音を立てて完全に彼を意識してしまっていた。

もう、鎮まれ心臓。とりあえず早くこの場を離れないと。

「じゃあ、お姉ちゃんたち、またね」

「うん、紫織も幸せそうで安心した」

「そ、そうだよ。幸せだよ」

副社長の気持ちは聞いているけれど私の方には付き合うつもりはない。姉たちを欺いているようで心が痛い。今日の私の心臓はドキドキしたりチクチクしたり大忙しだ。

「じゃあね」

「うん。またね」

手を振る姉に振り返すと、副社長が私の手を取り歩き出した。そしてそのまま彼の車が停まっている駐車場に向かって歩く。

「あの、いつまでこの手つないでいるつもりなんですか？」

「いつまでって、できる限り？」

「また、そんな適当なことを言って！」

呆れながら副社長の方を見るけれど、まったくこちらのことなどお構いなしといった様子で綺麗に整えられた庭園を駐車場に向かって歩いている。

なんかもう今更嫌がるのもおかしいので、このまま歩き続けることにした。

駐車場までの道は庭園になっており、手入れが行き届いた草花が青々と生い茂っていた。行きも通ったはずの道だが緊張のあまり周囲をよく見ることもできなかった。

今ゆっくりと歩きながら眺めていると、この五年間心のどこかにいつもあったわだかまりが小さくなっているのに気が付いた。

「副社長、今日は本当にありがとうございました」

「ああ、よかったな。お姉さんも元気そうで」

「はい。本当によかった。すぐに以前のようにとはいかないと思いますが、それでも前に進めて本当にうれしいです。今度改めてお礼させてください」

「別に必要ないさ。彼女の悩みを一緒に解決しただけ」

さもなんでもないことのように言うけれど、私たちは本当に付き合っているわけじゃない。そろそろ偽恋人の時間も終わりにしないといけない。

でも彼とこうやって過ごす時間が続けばいいという思いもある。

「いつまで演技を続けるつもりですか。もう副社長ったらやりすぎでしたよ。色々と」

離れがたいと感じる気持ちを振り払うように、ことさら明るくふるまった。

演技だってわかっていても、ドキドキして胸がときめいた。やっぱり私は彼が好きなんだと自覚した。

「何言っているんだ。俺たち付き合っているだろう？」

「え？」

「は⁉」

待って！ 私は断ったはずなのに。演技でなければ副社長はどういうつもりなの？

ふたりとも足を止めて向かい合った。

「あの、それって私と副社長の話ですよね？」

「当たり前だろ。他に誰がいる」

「え、どうしてそんなことになったんですか？」

慌ててお互いの認識の違いを正していく。

「そもそも、この間俺が告白したときに、お姉さんが見つかるまで自分だけが幸せになれないって言っただろ。でも今日それは解決した」

「はい。確かにそうですけど」

だからと言ってすぐに「はい、彼女です」とは言いがたい。こっちにも心の準備というものがある。

「それに紫織が、視線で『付き合ってほしい』って言ってきたから、俺は『OK』の返事をした。ここまでのところに変なところある？」

いやむしろ変なことしかないと思う。

「あの、それ勘違いです。私は今だけ恋人のふりをしてほしかっただけで、本当に付き合うつもりなんて——」

「ない？」

私の顔を覗き込むようにして尋ねてきた副社長。まるで私の心の中を見透かすようなまっすぐな視線を向けてくる。

言葉が出なくて私は黙って頷くことしかできなかった。

「うそが嫌いなお前が、自分にうそついていいのかよ」

「別にうそなんかついてないです」

必死になって否定するが、彼も食い下がる。

「じゃあ、俺のこと嫌いなのか？」

「そ、それは……」

この質問はずるい。好きな人に嫌いなんて言えない。

「嫌いじゃない……です」

「なるほど。だったら俺たちの約束は成立してるな」

「なんで？　なにその謎理論」

慌てる私に、余裕の副社長。このままではきっと流されてしまう。

「そもそも嫌いじゃないだけで、付き合うなんておかしくないですか？」

姉のことは解決したけれど、他にも考えなくてはいけないことがある。お互いの立場が違いすぎる。付き合う前に色々とクリアにしておかなければいけないことがあるのではないだろうか。

「嫌いじゃないで十分だろ。心配するな、お前はすぐに俺なしじゃいられなくなる」

「なんですか、それ」

あまりに自信満々に言うので、言い返す言葉も見つからず思わず笑ってしまった。

でももし副社長の言う通りになったとしたら……この先の私の人生大丈夫なのだろうか。

げるタイプ』だって。だからお前が諦めるんだな」

「言葉通りだ。もう今更撤回できない。言っただろ、俺は『なんでも最後まで成し遂げるタイプ』だって。だからお前が諦めるんだな」

その言葉は確か、プラネタリウムに行った際に彼が口にした言葉だ。

「ためしに付き合ってみればいいだろ」

「う……もう私に回避策はないんですか？」

「ないな。そもそも俺と付き合えるなんて、泣いて喜ぶようなことだと思うけどな」

それはそうかもしれないけれど、自分で言うの？

呆れてまた笑ってしまった。

「ほら、ごたごた言ってないで行くぞ」

一度離れていた手を彼が再びつないだ。指を絡めてしっかりと。さっきよりもぎゅっと握られたその手に私の未来がゆっくりと動き出した気がした。


けれど運命は〝ゆっくり〟とは動いてくれなかった。それは驚くほどのスピードで私を翻弄する。

週明けの月曜日。

一日の業務を終えた十八時。人生二度目の会長室。私は今リーラではなく経理部の春日井紫織としてこの部屋を訪れていた。

「ばあちゃん。彼女連れてきた」

なんて雑な紹介の仕方なの。

そう思っても、緊張でがちがちの私は彼の背中に隠れて黙っているしかできない。

「あら、素敵」

会長もそんな副社長をたしなめることなく、そのまま受け入れている。普段のふたりはいつもこういうやり取りをしているのだろう。

「紫織、ほら」

「お忙しい中お邪魔(じゃま)して申し訳ございません。春日井紫織です」

「あら、全然忙しくないのよ。会長なんてただ座っているだけだから。ほら、こっちにきてお掛けなさい」

応接セットに座るように言われて、私は恐縮しながら、先にさっさと座ってしまった副社長の隣に座った。

「お疲れだとは思うけど、コーヒーだけ付き合ってちょうだい」

会長がそう言うと、ノックの音が聞こえて秘書の方がコーヒーを三人分運んできた。

私はあまり顔を見られたくないと思ってうつむいた。

「大丈夫よ。私の秘書は口が堅いから」

「す、すみません」

気持ちを見透かされて慌てる。さすがは会社の頂点に立つ人だけある。

「それで……初めましてではないわね」

「えっ」

会長にお会いするのは二回目。しかも一回目はリーラとして会っているのだから、実質初めてになるはずだ。

「私、人の声覚えるの得意なのよ」

にっこりと微笑むその顔が副社長にそっくりだ。いや、今はそんなこと考えている場合じゃなかった。

これって、会長は私がリーラだって知っているってことなの？

「紫織、ばあちゃんには正直に話しても問題ないだろ」

「はい……そうですね」

ここまできて否定する方が話をややこしくする。だから私は正直に自分がリーラであることを話した。会長は黙って頷きながら話を聞いていた。

「なるほどね。お姉さんを見つけるために。ご苦労なさったのね」

「はい。でも先日可也斗さんのおかげで無事に姉に再会することができました」

隣にいる彼を見ると、彼はコーヒーを黙ったまま飲んでいた。

「あら、可也斗ってば。好きな人に気に入られようと必死ね」

「そんな!」

「ばあちゃん、バラすなよ」

やだ、そこは否定してくれないと、恥ずかしくていたたまれない。

「あら、赤くなってかわいいわね。占いをしているときとは大違いね。悪い意味じゃなくて別人のようよ」

それは自分でもそう思う。リーラは私の中にいるもうひとりの自分だ。

「ぼろが出ないように、濃いメイクに謎のベールもかぶっているもんな」

「気持ちも切り替わるんです。私には必要なことで、たとえば仕事行くときにスーツ着るのと同じ感じでしょうか」

「そんなものなのね」

「はい。あくまで、私の話ですけど」

こんな調子で緊張したけれど、和やかな時間を過ごした。

自宅に戻り食事とお風呂をすませて、やっと一息つけた。

先ほどまでの緊張がまだ収まらない。こういう気持ちが落ち着かないときにやることがある。

私は引き出しからセージを香皿に取り出して、火をつけすぐに消火した。くすぶって煙が立ち上り始めるとタロットを一枚一枚裏表煙に当てて浄化する。

タロットの浄化の方法は色々あるが、私はこの方法が好きで、占いの結果がしっくりこないときや、的中率を上げたいここぞというときは、こうやって浄化をしてから占いに臨む。

それとは別に今日のようになんとなく心が騒がしいときなんかも、この作業をすることで落ち着くのだ。

無心になって一枚一枚浄化していく。最後の七十八枚目を浄化し終わるころには私の心も落ち着きを取り戻していた。

片付けをしているとスマートフォンが鳴り、副社長かと思い画面を見ると律だった。

そういえば姉が見つかったととりあえず連絡をして、詳細はまた今度という話をしていたのを思い出した。

「もしもし」

『紫織、今大丈夫か？』

「うん、今家だよ」

『そうか。紫織、あれから紅音さんと連絡は取ってる？』

「ちゃんと取ってるよ。近いうちこっちに顔を出すって」

『よかったね。しかし箱根なんてどうやって見つけたんだ』

「えーと、それはね」

私は副社長が居場所を突き止めて一緒に箱根まで行ってくれたことを伝えた。

最初は律の相槌を打つ声が聞こえていたのに、途中から彼の反応がなく、何度か「聞いてる？」と確認した。その都度「聞いている」と言う返事があったが、どうもこう反応がないと話しづらい。

「……というわけなの。それと」

どうせなら報告は一気にすませておいた方がいい。

「実は私、副社長と付き合うことになったの」

『え、紫織。それはどういうこと？』

驚いた律の声が聞こえてきた。

「いや、私も自分でも驚いているんだ。でも色々あって付き合ってみようかって」

『紫織はあいつのこと好きなのか？』

「それは……まあ、そうだよ」

本当は間違いなく好きなんだけど幼馴染みの律に言うのは、なんだか照れる。

『そんな出会って間もない相手と付き合うの？　それに相手は土岐商事の御曹司だろ？　うまくいくとは思えないだけど』

「でも、世の中やってみなくちゃわからないことがいっぱいあるじゃん」

なんで私は必死になって、副社長と付き合うことに対して正当性を持たそうとしているんだろうか。

電話口の律が黙り込んでしまった。私はこんなふうに律と意見をぶつけ合うつもりはなかったのに。

「ごめんね。なんか律にとってはどうでもいいことで嫌な気持ちにさせて」

きっと姉が見つかったことを一緒に喜んでくれるはずだったのに、なぜか険悪な雰囲気になってしまった。

『僕にとっては「どうでもいいこと」か……』

「そう、なのに――」

『いい。わかった。とにかくお姉さんのことよかったな』

急に話を切り替えた律に違和感しかないけれど、これ以上話を引っ張ってまた変な空気になってはいけないと思い、私もそれ以上は何も言わなかった。

「ありがとう」

『ああ、おやすみ』

私が「おやすみ」と言うと電話はすぐに切れてしまった。

スマートフォンをテーブルに置くと、じっとそれを眺める。

律、なんだかおかしかったな。仕事でいやなことでもあったのかな。

私で相談相手になれればいいだけど。

マヌケな私はそこで彼の心の変化に何も気が付かなかったことを、後悔することになった。

＊＊＊

昼間の熱気がまだわずかに残る、土岐商事の屋上の一画。そこは屋上庭園になっており、夜になった今は青々とした草花がほのかな明かりでライトアップされていた。

「わぁ。こんなところがあったなんて知らなかった」

紫織が目を輝かせて、それらを眺めている。

俺は紫織を伴って誰もいない屋上庭園を歩いていた。

「まあここは先代が私的に作ったものだからな。以前は社員に開放していたんだが、あまり人の出入りがあると管理が難しくて、今は特別なときだけ使っている」

「特別なときってどんなときですか？」

「部内の親睦会とか、役員の昼食会とかが多いかな」

「なるほど、だからテーブルもあるんですね」

納得したのか「今度うちの部で何かあるときに提案しよう」とうれしそうに言った。

「だから、今日用もないのにここに入ったことは内緒だぞ」

「え、怒られますか？」

一転不安そうになる彼女のその顔がかわいくて仕方ない。

別にこのくらいのことで怒られないだろう。俺が一緒なんだから。

しかし紫織の顔はいたって真剣だ。そういう真面目なところも彼女らしくて好感が持てる。

だけど……からかいたくなるんだよなぁ。

「どうだろうな。怒られるかどうか占ってみたらどうだ？」

「そっか、その手があった」

紫織はバッグの中からタロットを取り出した。当たり前のように出てきて少々驚く。

「いつも持ち歩いているのか？」

「はい。たいていは」

それもそうか。こいつはプロの占い師だ。

「じゃあ、ここから一枚引いてください」

期待のこもる目で俺にタロットの束を差し出した。

その瞳に思わず釘付けになる。

あのときと変わってないな……。

ふと俺の中の大切な記憶がよみがえってきた。


それは今から四年ほど前。

まだ梅雨が明けていないころ、俺は両親の墓参りのために訪れた場所で突然雨に降られた。田舎の墓地で、付近には雨宿りできそうなカフェはおろか、コンビニエンスストアさえない。ホテルに車を停めて徒歩で来ていた俺は、近くのバス停の軒下で雨宿りをすることにした。

「はぁ、天気予報はあてになんないな」

肩に落ちた雨粒を払いながら、真っ暗な空から矢のように降って来る雨をにらんだ。そんなことをしたところで、雨が止むわけでもない。

そのときパシャパシャと水を跳ね上げる音を立てながら、ひとりの女性が俺と同じように軒下に駆け込んできた。二十代前半だろうか。彼女も突然の雨に濡れていた。

「はぁ。もう」

バッグから取り出したハンカチで濡れた髪を押さえながら不満を漏らす。その気持ちがわかり思わずクスッと笑ってしまった。

あ……しまった。

俺の存在に気が付いた彼女が、こちらを振り向く。

「すみません、誰かいるとは気づかなくって。私もご一緒してもいいですか？」

ニコッと花が咲いたように笑う彼女。

「どうぞ。と、言ってもここは俺の場所じゃないからな」

「それもそうですね」

お互い顔を見合わせてプッと噴き出した。

雨に打たれて憂鬱だったが、それがわずかに晴れた。

バス停のトタン屋根に雨が打ち付ける音が耳に響く。

しばらくは外の雨を眺めながら、お互いどうしてここに来たのかと話した。彼女はどうやら人を探していたようだが、空振りに終わったと嘆いていた。

いつもとは違う不思議な時間が流れた。

目まぐるしく移り変わる日常と違うようなそんな感覚がして、ふとなんとなく隣にいる彼女に聞いてみた。

「このままこの雨が止まなかったらどうする？」

彼女が俺を振り向き不思議そうな顔をした。それもそうだ。俺も自分で聞いておいてなんてことを聞いたんだと思う。

「いや、いい——」

恥ずかしくなってなかったことにしようとした俺に、彼女はバッグから何かを取り出した。

「これ、引いてみますか？」

差し出されたのはカードの束だ。

「ん、トランプ？」

「いいえ、タロットカードです。どうぞ」

勧められたカードを一枚引いてめくってみる。

「【ソードの6】の正位置。これは今の状況がなんらかの過渡期にあるということですね。引っ越しとか、転職とか」

「ん……ああ」

ちょうど海外から帰国して、祖母が会長を務める土岐商事に入社することが決まっていた。占いなんて信じないが、当てはまっていて驚く。

「なんだか、少し気になることがあるみたいですね」

彼女は俺の様子から、心の中を読み取ったようだ。

確かに。今まで亡き父の言葉を守るようにして、土岐商事の跡を継ぐことだけを目標にしてきた。それが嫌なわけじゃない。でもそれが正しいのか、他に道がないのかと考えることもあった。だから自分の気持ちを確かめるために墓参りに来たのだ。

「それで君のアドバイスは？」

俺はこれまでの彼女の言葉が当たっているとも当たってないとも言わずに先を促した。しかし彼女は気にする様子もなく話を続ける。

「これを見てください。手前の海は荒れているけれど、行先の海は凪いでいます」

彼女は俺にカードの説明をしてくれた。

「今は不安な荒波の中にいると思っていても、あなたの行先も同じように凪いでいるとカードは示しています。ほら、空も向こうから晴れてきた」

彼女が指さす方向を見ると、一面真っ暗だった空の向こうが明るくなっている。まだ雨は止んでいない。しかし心の中の靄がその明るさで照らされて晴れていく。

言葉もなく俺は彼女の顔を見た。彼女も俺の視線に気が付いて笑顔を見せた。

「あなたのそして私の上からも、雲がなくなると信じましょう。ね？」

「あぁ、そうだな」

彼女の笑顔を見た瞬間、ここ最近に胸に抱えてきたものが軽くなった気がした。

具体的に何かが変わったわけでも解決したわけでもない。それでも前向きな気持ちになった。間違いなくあの日、俺の運命を彼女が変えた。

そんな彼女をオフィスで見つけたときの衝撃を彼女は知る由（よし）もないのだろうけれど。


「副社長、どうかしましたか？」

「ん？　なんでもない」

「引きませんか？　カード」

彼女は俺にカードを差し出している。

「やめておく」

「そうですよね。副社長は占い信じてないから」

彼女は笑いながら手にしていたカードをしまう。少し残念そうに見えた。

「占いは信じてないけど、運命は信じてるぞ」

突然の俺の言葉に彼女の顔に「？」が浮かんでいる。

そんな彼女の肩を抱き寄せた。

今その「運命」を抱きしめている。それなのに信じないなんて話があるだろうか。

「副社長、それどういうことですか？」

彼女が俺の腕の中で、仰ぐようにして俺を見る。

「いいよ、お前はまだ知らなくて」

「何それ……もう」

少しふてくされたその顔に、ひとつキスを落とした。

彼女にあのときのことを教えてやるのは、悔しいからもう少し経ってからにしよう。

第四章【恋人】夢見るような恋をして

平日は事務職、週末は占い師の仕事をしているのに加えて、ここのところ姉たちが実家に結婚と妊娠の報告に来たりと本当にバタバタしていた。

久しぶりに家族それぞれの心からの笑みを見ることができて満足だったし、私自身も長年悩んでいたことが解決してすっきりした。

とはいえ、やっぱり体は疲れていた。だから久しぶりの祝日、私は惰眠をむさぼることに決めていたのに……。

「うるさいなぁ」

さっきからスマートフォンが鳴っている。アラームは昨日の夜に切ったから鳴らないはず。であれば誰かからの連絡なのだろうけれど、まだ体が目覚めてなくてベッドから出られない。

あ、切れた。

そう思ったのもつかの間。またしても電話が鳴り出した。

うぅ。もういったい誰？

ベッドから手を伸ばしてローテーブルの上のスマートフォンを取ろうとする。

「わぁ、痛いっ」

あとちょっとで届きそうというところで、ベッドから体が落ちた。その痛みでちゃんと目を覚ました私は打った腰のあたりをさすりながら、スマートフォンを操作する。

着信履歴もメッセージもすべて副社長からだった。昨日の夜から何度か連絡をくれていたようだが、昨日は疲れきっていて早々にベッドに入ったので気が付かなかった。

「えーと。ん？　今日の十三時に迎えに行く？」

ただそれだけのシンプルなメッセージ。ふと時計を見るとすでに十一時。続いて鏡を見るとぼさぼさの頭にむくんだ顔の自分。

これ間に合うのかな？

あれこれ考えている暇なんてなかった。私は慌てて部屋から飛び出して、バスルームに向かった。どんな無理をしても好きな人に会わないでいるなんて選択肢、私にはなかった。

そして約束の十三時ぴったり。玄関のチャイムが鳴る。

「え、もう。早くない？」

少しくらい遅れてくれてもいいのに。玄関の前で待つつもりだったのに、間に合わずに私はまだ部屋で荷物の用意をしていた。

「はぁい。お待ちください」

玄関に向かう母の声が聞こえる。

「お母さん、それ私のお客さんだから、出なくていいから」

二階の階段上から叫ぶ。

「何言ってるの！　お待たせしたら悪いでしょ」

「でも！」

私の言うことを無視して、母は玄関の引き戸を開けてしまう。

「失礼します。土岐と申しますが、紫織さんをお迎えに来ました」

よく通る声が聞こえる。こんな礼儀正しい副社長は久しぶりな気がする。

「あら、わざわざありがとうございます。それと紅音の件もなんてお礼を申し上げたらいいのか」

「いえ。こんなに早く探し出せたのは偶然だったのですが……」

副社長と母の世間話に聞き耳を立てながら用意を済ませた私は、慌てて階段を下りてその先に立っている副社長に声をかける。

「お待たせしてごめんなさい。行きましょう。お母さん、行ってくるね」

「あら、ダメよ紫織」

「えっ」

母が私の手を引っ張った。

「お母さんからも彼にきちんとお礼を言いたいわ。だから上がってもらって」

「でも今日はこれから行くところがあるから」

そう答えたけれど、実際なんで迎えにきたのかさえわかっていない。

「いや時間なら大丈夫だから。お母さまがせっかく誘ってくださっているんだからご厚意に甘えさせていただくよ」

「あら、やだ。お母さまなんて」

母は好青年を演じる副社長に完全に騙されてしまっている。呆れて彼を見ると私にまで好青年スマイルを見せつけてきた。

私は騙されないんだから！　そう思いながらも胸がドキッとしてしまった。正直母のことをとやかく言えるような立場ではない。

どうしてこんなことになっているのだろうと、靴をきちんとそろえて家の中に入る副社長を見ながらそう思った。

母はそう広くないリビングに彼を通すとお茶の準備をしにキッチンへ向かった。その間に私は彼に問いただす。

「どうしていきなり来ちゃうんですか?」

「昨日連絡しただろ。それにお前だってちゃんと準備してるじゃないか」

「それはそうだけど!」

悲しいかな、彼が来るとわかってすぐに準備を始めてしまった。

「あの、お願いですから。両親にはあまり変なことを言わないでください」

「変なこと? ああ、心配するな。ちゃんと人当たりのいいパターンの俺でいくから」

何そのパターンと問い詰めたいところだったが、父がやってきたので話はそこまでになった。

「土岐さん。この度は紅音を探してくださってありがとうございます」

座るや否や彼に頭を下げた父は、家族の誰よりも姉が戻ってきたことを喜んでいた。

「いえ、大切な彼女の家族のことなのでわたしも自分のことのように心配しておりました。見つかってほっとしています」

「そんな……あの、ではやはり、紫織のお付き合いしている方というのは……不躾ですみません」

「いえ、交際のご挨拶が遅くなりました。紫織さんとお付き合いさせていただいてます。土岐可也斗です」

「ご丁寧にありがとうございます。この子は自分からは何も言わないので。交際の話も紅音から聞いたんですよ。あ、母さん。早くこっちに来て座って」

お茶を準備した母が四人分の湯呑みを持ってきてそれぞれの前に置いた。

「もう、そんなに慌てさせないでっ……イケメンが現れたから緊張してるのよ」

「お母さん、恥ずかしいからもう少し落ち着いて」

私がたしなめようとするけれど、母は聞く耳を持たない。

「そんな落ち着けないわよ。娘の彼氏が土岐商事の副社長様だなんて」

ますますヒートアップしていく母。恥ずかしくて身の置き所がない。しかし副社長は全然気にしていないようだ。

「わたしのような難しい立場の人間と付き合ってくれる決心を紫織さんはよくしてくださいました」

「あら、それじゃ土岐さんの方から紫織を？」

母がワイドショーを見ているときと同じ目をしている。

「そうです。最近やっと受け入れてもらえて」

なんだか話がすごく大きくなっている気がする。きっと否定したところで私の話なんて聞いてもらえないだろう。ただ顔を引きつらせて耐えるしかない。

とにかくどうにかして早くこの家を出ないといけない。

「あのね、今日は時間がないから。また今度、ゆっくり。ね」

慌てて副社長の腕を引いて立ち上がらせると、そのまままっすぐに玄関に向かう。

その後を両親が追ってきた。

「じゃあ、いってきます」

まだ靴さえきちんと履いていない副社長の背中をぐいぐい押して、一秒でも早く家から出てもらおうと必死になる。

「では。お父さん、お母さん。紫織さんをお借りします」

「はい。どうぞどうぞ。門限なんて堅苦しいことは言わないので、ごゆっくり」

「お母さんっ！」

「では、お言葉に甘えさせてもらおうかな」

ははは と笑う副社長をひとにらみして私は玄関の扉を急いで閉めた。

「はぁああ。疲れた」

まだ家の敷地から出てもいないのに、疲労困憊(ひろうこんぱい)だ。

「楽しい家族だな」

「もう、好き勝手言っちゃって。後でどうなっても知りませんよ」

きっと両親は色々期待するに違いない。姉に続いて私にも幸せになってほしいといつも言っているのだ。

「どうなるのか、楽しみだな」

そう言いながら彼が停めてあった車の助手席のドアを開けて私を乗せた。すぐに運転席に乗り込んで車を走らせる。

「あの今更なんですけど、どこに行くんですか？」

「デートだ。デート」

「その目的とかじゃなくて、場所を聞いてるんですけど」

デートって聞いてちょっと胸がくすぐったくなったことを隠して、私は行先を聞いた。

「俺のお気に入りの場所。特別に教えてやろうと思って」

「そんなところがあるんですね」

彼なら素敵な場所をたくさん知っていそうだ。その中でも気に入っている場所となると興味がある。

「ここからそう遠くない」

「副社長のおすすめなんて、楽しみです」

いきなり誘われて戸惑う暇もなく外出することになったけれど、結果的にわくわくしているのだから、彼の思うつぼだろう。

「なぁ、呼び方副社長にまた戻ってる」

「あっ」

指摘されるまで気が付かなかった。仕方がない。だって今までずっとそう呼んできたのだから。

「でも、副社長として認識してた期間の方が長いから」

「今は、どう認識してるわけ？」

「それは、その。彼氏？」

「なんで疑問形なんだよ」

だって仕方ない。しばらく恋愛から遠ざかっていたせいで、急に彼氏ができて戸惑っているんだから。そもそもプライベートで会うようになったのもここ最近のことなのに。

「まあ、いい。今後はペナルティな」

「そんな、副……なんでもない」

副社長と言いそうになった私が黙ると彼はくすくすと笑い出した。

「楽しみだな。罰ゲーム」

「そんなの、私に損しかないじゃないですか。それにずっと可也斗さんって呼んでいると、会社でもそう呼んでしまいそう」

周囲がどんな反応をするのか想像するだけでも怖い。

「それはそれで、罰ゲームだな。内容は……考えておく」

「もう！」

私が手を上げて叩くふりをすると、彼、可也斗さんが声を上げて楽しそうに笑った。

私もそれにつられて思わず笑ってしまう。

そんなとりとめのない話をしていると車が駐車場の中に入った。駐車場の脇には門があったけど、それは正門というよりも通用口という方がぴったりのシンプルな作りだった。

中に入ると芝生が広がっており、多くの木々が出迎えてくれた。

「公園ですか？」

「まあそんなもん。この間会社の屋上庭園も喜んでいたから好きかと思って。意外だった？」

実際そう思っていたのが顔に出ていたのかもしれない。「まぁ」とあいまいに返事をしてごまかした。

梅雨の合間の晴れの日で明るい日差しが降り注ぐ。季節柄多くの明るい色の花々が出迎えてくれた。ヒマワリ・フヨウ・ケイトウ。池には蓮（はす）の花も浮かんでいる。

時々風に吹かれた木々が音を立てる。それさえも気持ちいい。普段は暑くて外を歩くのも苦痛だけれど、こうやって木々に囲まれていると気分がいい。

「すごいですね。こんなところあるなんて知らなかった」

「まあ、そうだろうな。ここは一般公開していないからな」

「え、だったら入ったらダメじゃないですか」

焦ってきょろきょろした私を見た彼がくすくすと笑い出す。

「お前は本当に見ていて飽きないな。こっちだ」

「はい」

温室のドアを開けて彼が中に入る。

自然に手を引かれた。もちろんドキッとしたけれど、これまでに比べると比較的冷静でいられた。慣れとは少し違う。安心感？　言葉では言い表しづらい感情だったけれど、彼とこうやって手をつなぎながら緑の中を歩くのは、とても心地よかった。

温室の中はとても明るく、中にある植物たちが輝いて見えた。日本では珍しい花や木、サボテンなんかも置いてあって見ていて飽きない。

夏季なので窓が開いていて、そこから心地よい風が抜けるので温室といってもそこまで暑苦しくはなく純粋に楽しめた。

温室の隣には冷室もあり、こちらには高山植物などがある。少し熱気にあてられたので、そこで休憩することにした。

目の前には、休むのにうってつけのテーブルセットがある。私が座ると可也斗さんがどこかに連絡をする。それが終わると、私たちは木々を見つめながら話をした。

「こんなところがあったなんて知らなかったなぁ」

「まあそうだろ。個人のものだからな。ここは土岐家の本宅の一部」

「え、じゃあ副社長のご実家」

驚くべきことを聞かされて目を見開いた。

「はい、罰な」

「え、あっ！」

驚きすぎて指摘されるまで、自分が呼び方を失敗しているのさえ気が付かなかった。

「ほんと注意力がないな。あ、来たな」

向こうから手に籐のバスケットを持ってひとりの男性が歩いてきた。誰なのか尋ねる暇もなく男性は目の前に来ると、私たちに一礼したかと思うとすぐにテーブルにレモネードと、フルーツたっぷりのゼリーと焼き菓子を数点並べた。

「どうぞ、ごゆっくり」

そして頭を下げるとそのままその場を去っていく。

「どうぞ」

「いただきます」

手を合わせて早速ゼリーを口にする。

「冷たくて美味しい！」

意識してはいなかったのだけど、実は喉が渇いていたらしい。外を歩いていたので熱を持った体にはとてもありがたかった。

一緒に持ってきてくれたレモネードも酸味と甘みのバランスが絶妙で、思わず「はぁ。生き返る」と口にすると大げさだと笑われた。

「あれは花が好きだった先代が建てた温室なんだが、現在は近くの大学と協力して、絶滅危惧種の保護も行っている。まあ、金持ちの道楽だな」

確かにお金がないとできないことだけれど、素敵な使い道だと思う。

「こんな大きな温室、なかなかありませんよ」

「そうかもしれないな。俺も小さいころ、よくここで遊んだ。そのころから変わらず俺にとっては大切な場所だ」

優しい笑みを浮かべた彼がまぶしい。こんなに穏やかな表情を見せるなんて、彼がどれほどこの場所を特別に思っているのかが伝わってくる気がした。

「そんな大切な場所に私が来てもよかったんですか？」

「付き合っている彼女に、自分の大切なものを知ってもらいたいと思うことがそんなに不思議か？」

確かに、大切な人に自分の好きなものを知ってほしいという気持ちはわかる。でもその相手がどうして私だったのかそれを今日ははっきりと聞きたいと思った。どうして彼が私を選んだのかがずっとわからなかったからだ。

「可也斗さんは……どうして私と付き合おうと思ったんですか？」

「今更、気になる？」

頷くと彼が私の手を握った。

「この手を引っ張ってやりたいと思ったからだ」

そう話を切り出した彼は自分の生い立ちについて語り出した。

「うちの両親が他界しているのは知っているな？」

「はい。なんとなくお話は」

確かお母さまは彼が小さいころに事故で、そしてお父様は数年前にご病気でこの世を去っている。親類といえるのは会長であるおばあ様と、現社長である叔父家族ぐらいだと先日会長にお会いしたときに聞いた。

「母親のことはまだガキだったからいい思い出しかない。父に怒られてここに隠れてると探しにきてくれて。俺も探してもらいたくてわざとわかりやすいここに隠れたりして」

当時を懐かしむような表情はとても穏やかで、ここでの思い出が彼にとって大切なものだということが理解できた。

「ただ事故であっという間にいなくなってしまった。記憶に残っている最後の言葉は『お父さんの言うことをよく聞きなさい』と、『女の子には優しくするのよ』だった」

笑みを浮かべる彼はきっとそのときのことを思い出しているのだろう。

「ちゃんといいつけを守って、女の子には優しいだろ？」

同意を求めてくる彼に私は少し考えるふりをして「そうですか？」と返した。彼ができるだけ重い雰囲気にならないようにしているとわかっていたので、私も極力そのようにしたかった。

「なんだよそれ。お前には特に優しくしてるつもりだけどな」

「わかってますよ。そのくらい」

お互い笑い合ってから彼が話を再開した。

「親父はあまり口数が多くなくて、それでも男同士わかり合えることも多かったし、尊敬もしていた。だから当たり前のように親父の背中を追ってきたのに、体調を崩してからはみるみる覇気がなくなって。で、最後に残した言葉は『会社とおふくろを頼む』だったわけ」

彼は私と視線を合わさずにできるだけ穏やかに話そうとしているように思えた。でも少し声のトーンが違う。日ごろ多くの人の相談を聞いている私だからわかる。

私はそのまま口をはさまずに彼の話を聞いた。

「死に際ってずるいよな。その言葉がずっと心の真ん中に居座る。それが本当の自分の意志なのかどうかもわからなくなるんだ」

言葉は人を縛る。それは私が痛いくらい胸に刻んでいることだ。

「本当に俺は土岐商事を守りたいのか、他のやつがやった方がうまくいくんじゃないのか。そう思うことがあったとしても親父との約束がある以上、俺は走り続けなくちゃいけない。それが不満ってわけじゃないが、時々……そうだな、疲れるときがあるんだ」

自嘲気味に笑う彼。これも彼なのだ。自信に満ちて堂々としている彼も、今の彼も。ただ人前ではそれを出すことも許されないのだろう。そんなプレッシャーに耐える日々。それも父親の言葉をずっと胸に抱いているからだ。

「だから自分の発した言葉で姉を傷つけたことがずっと心の中の重しになっているお前を見て、手助けしたいと思った。言葉の重みを知っているがゆえに自分の信念を守ろうとする強い姿に惹かれたんだ」

自分の思いやりのない言葉で姉を傷つけて家族を離れ離れにしたこと。その経験から占いのときもそれ以外のときも言葉には十分気を付けて、決してうそはつかないことを信条にやってきた。

私が生きていくうえで、何よりも大切にしているもの。

彼がそれに気が付いて、そしてそこを好きだと言ってくれた。そして彼もまた言葉によって苦しんだ経験者だ。そう思うと熱いものが込み上げてくる。

「そんな……もっと、からかったら面白いからとか……そ、そんな、理由だと思ったの、に……ずる、ずるい」

ぽろぽろと涙がこぼれる。慌てて拭おうとするその手を彼が掴んだ。

「ちゃんとした理由すぎて驚いたか？」

目に涙をためながら頷くと、勢いでこぼれ出す。そんな私の涙を彼の大きな手が拭ってくれた。

「きっとお前ならひとりで耐えられたかもしれない。でも俺は手を差し伸べたかったんだ」

そんなふうに思ってくれていたなんて。涙が止まらなくなる。

「あともうひとつ理由があるけど、今は言わないでおく」

なんで今はダメなんだろうと、不思議に思う。

優しいまなざし。

「まあ、勝手に自分と重ね合わせて、お前は迷惑だったかもしれないけどな」

「そんなこと……ない。すごく感謝しています」

姉が失踪してから、ずっと自分を責めてきた。やっと姉が見つかっても、時々は思い出して罪悪感を持つこともあるだろう。

でも今彼がこうやって私のことを理解してくれているという事実だけで、心が軽くなった。彼だけはダメな私も許して受け止めてくれる。そう思えた。

「鼻の頭、真っ赤だぞ」

「やだ、見ないでください」

「ダメだ。ちゃんと見たい。どんなお前も」

彼が泣いている私の顔を両手で包み込む。

私が伏せていた目を彼に向けると、真剣なまなざしとぶつかった。

「ブスですみません」

きっと涙でぼろぼろで見るに堪(た)えない顔をしているに違いない。

「惚(ほ)れた弱みなのか。俺には最高にかわいく見える」

優しく頬を撫でながら、微笑む彼。

「キスしたい」

少しかすれたその声が耳に届く。そのときに彼との間に築いていた壁が崩れ落ちた。

恋心は複雑でいろんな感情を私にもたらし混乱させていた。

しかし戸惑っていても気持ちは彼に向かっていく。一秒一秒、彼への思いが膨らんでいき体の中を満たしていく。

「私も、したいです」

小さな声だったけれど、彼にはちゃんと聞こえたらしい。

「なにそれ、かわいいんだけど」

口角を上げうれしそうに笑う彼の唇が、私の唇にそっと触れた。離れそうになった唇を追いかける。本能がそうした。

彼が強く唇を押し付ける。舌でなぞられると体に電気が走ったようになり、思わず震えてわずかに身を引く。

「なぁ。自分で煽(あお)っておいてそれはないだろ。ちゃんと責任をとるんだ」

唇が触れる距離で彼が囁いた。

責任の取り方なんて知らない。だから私は彼のなすがままになる。

角度を変えて深く重なる唇。胸が苦しくてうまく呼吸ができない。

「んっ……はぁ」

わずかな息継ぎとともに声が漏れる。

「まだだ」

可也斗さんは私の髪をかき混ぜるように撫でた後、ぐいっと自分の方へ引き寄せた。

天を仰ぐほど上を向かされ、むさぼられると言う表現がぴったりの口づけ。

このまま食べられてしまう。でもそれもいいかもしれない。

この日私たちは、深いキスでお互いの気持ちをしっかりと通わせたのだった。


お互いの気持ちがより深く通じ合うと、距離が縮まるのに時間はかからなかった。

彼はもちろん忙しいのだけれど、私も仕事に加え占いの方も相変わらず盛況で、
お互い時間を見つけて連絡を取り、短い時間でも会うようにしていた。

そう、こんなふうにちょっとしたリスクを冒してまでも……。

「えと、ここって勝手に入っていいんですか？」

「どうだろうな。でもまあ、この会社で俺が入ったらダメな場所なんてないけどな」

そんな得意げな顔で言うようなことじゃないと思うんだけど。

私が連れてこられたのは、過去の書類が保管してある資料室。ここの資料は電子化されているので、この倉庫に人が訪れることはほぼない。

「こんなことしてまで」

誰も来ないか中に入る前にきょろきょろしてしまう。

「来ないだろ。まあ来たらそのときはそのときだ」

「もう」

呆れながらも結局彼に手を引かれると従ってしまう。つまるところ私も彼と一緒にいられるのがうれしいのだ。

薄暗い資料室は電気を点けても、そこまで明るくない。その仄暗さがなんとなく悪いことをしているような気にさせられる。

「それで何かあったんですか？」

「何もないと呼び出したらダメなのか？」

「そんなことはないですけど」

実はそう言われてうれしい。それが顔に出てしまっていたようで、彼が私の頬をツンとつついた。

「何笑ってるんだよ」

「別に、なんでもない」

そんなやり取りをしていると、彼が腕を引いて私を正面から抱きしめた。

終業時刻は過ぎているとはいえ、会社でこんなことよくないと思う。だけど抱きしめられて彼の体温を感じると、どうでもよくなってしまった。

「なんかドラマでよくあるシーンだな。まさか自分がこんなことするとは思わなかった」

可也斗さんの言葉に私は抱きしめられながらくすくすと笑った。確かにドラマなんかでよくあるシーンだ。ちょっと憧れていたなんて言うと笑われそうだからやめておく。

「笑ってるけど、ドラマではこういう場合たいていエロいことするんだよな」

「な、何言ってるんですか？　副社長が言っていいことですか？」

焦って否定するも、彼はどこ吹く風だ。

「そっちこそ、何言ってるんだ。副社長だって男だ」

「そんな開きなおらないで」

拒否しなくちゃいけないってわかっているけど、逃げ出そうとした私は今度は背後から抱きしめられてしまう。

「なあ、ちょっとだけだから」

耳元で囁かれると、体の力が抜ける。振り向きながら「ダメ」と抵抗してみたけれど無駄な努力だった。

彼と目が合うや否や、唇を奪われる。少し強引だけどそれがいやじゃないことを彼はもう知っているのだ。だから結局私も彼を受け入れてしまう。

ほんの数日会わなかっただけなのに、彼の体温を感じるとドキドキもしたし安心もできた。最終的にはキスが終わるころ、私は彼の首に腕を回していた。

「このくらいにしておかないと、我慢がきかなくなるな」

「もう、冗談ばっかり」

彼の唇に、私の口紅が付いているのを見つけて慌てて手で拭った。私の今日の仕事は終わったけれど、彼はまだ残って仕事をするはず。口紅が付いていたら大変だ。

「この顔が冗談言っているように見えるか？」

彼が私の顔を見つめる目には熱がこもっていて、あながち冗談ではないような気がした。

「これ以上は本当にダメです」

「真面目だな。紫織は。ちょっと元気がなさそうだったから心配していたんだ」

え、もしかして気が付いていたの？

実は律のことで少し悩んでいるのだ。最近連絡をしても返事がさっぱりない。今日が彼の誕生日ということもあって、もし時間が合えばお祝いをかねて食事にでもと何日も前から声をかけていたが返事がない。既読にはなっているので彼がメッセージに気づいていないということはないはずだ。

どうかしたのかな？　忙しいだけならいいけど。

もし当日急に誘われてもいいように、今日は予定を何も入れずにいた。しかし律からの連絡はなかった。

とりあえず、おめでとうの電話だけでもしよう。

「もう、平気か」

「うん。元気出た」

短い逢瀬の時間は彼のスマートフォンへの着信で終わった。相手を見た彼は「そろそろ戻らないと」と言って先に出ていった。

最後にもう一度、私に小さいキスをして。

こうやって少しの時間を見つけて会っても、またすぐに会いたくなってしまう。これまでの自分からは考えられないくらい、彼にのめりこんでいた。

人に見られるといけないから、先に行ってと言ったのは自分なのに、ひとり取り残されると寂しさが急に襲ってくる。

さぁ、私も帰ろう。それで律に電話してみよう。

ひとけのない廊下を歩きながら、律へのバースデーメッセージを考えた。

——けれど、彼が電話に出ることも、メッセージに返信してくることもなかった。

第五章 【塔】 大きな何かが起こるとき

秋とは名ばかりで、まだまだ残暑厳しい九月。

週末、私はいつも通り占いの館に向かっていた。ここ最近は、日曜日はお休みにして金曜の仕事終わりと土曜日に出勤している。可也斗さんと会う時間を作るためだ。

その分、時間めいっぱいお客さんを迎えることが多くなり、大変だったが、集中が求められるゆえにやりがいも感じられた。何よりひとりひとりのお客さんに対して丁寧を心掛けた。

「マキちゃん、こんばんは」

いつも通り声をかけて着替えに向かおうとする。しかしそこで呼び止められた。

「リーラちゃん、ちょっといい？」

「え、うん」

最初のお客さんの予約時間が迫っているから急いで着替えたいのだけれど、マキちゃんがあまりにも真剣な顔をしているので断れずにカウンターの中に入る。

そこで見せられたのは、週刊誌。

「何これ？」

マキちゃんが何も言わないので、私は付箋の貼ってあるページを開いた。

【土岐商事会長をたぶらかす、インチキ占い師】

占いの館の占い師リーラことAさん……って私のこと？

記事のリーラは私以外考えられない。内容を読みでたらめさに怒りがわいてくる。

「ひどい……」

【占いを利用して金持ちに取り入り私腹を肥やしている】

ありもしないことがさも事実のように並べ立てられていた。

「こんなこと……どうして」

思わず週刊誌を持つ手が震えた。そんな私の肩をマキちゃんが抱き寄せた。

「リーラちゃん。これが全部根も葉もない噂話だってことは私は十分わかっているわ。でもそれを信じてしまう人もいるのも事実なの」

私だけの問題じゃない。私が我慢すればいいというような単純な話でないことに気が付いた。

「もしかして、迷惑かけちゃってる？」

「それは大丈夫。私がこの程度の輩を追い払えないわけないでしょう」

それを聞いてほっとした。この店に迷惑をかけるわけにはいかない。

「ただ、何件かキャンセルが出てるの。それに加えて事実かどうかの問い合わせもあった。今は問題ないけれど、もし何か大きな事件にでもなったらあなたが危ないわ」

「私は大丈夫です！」

「でも何かあってからでは遅いのよ」

マキちゃんは私のことを思って言っている。だからここは彼女の言葉に従うべきだ。

「マキちゃん、悔しい」

「そうね。あなたの占いがこれまでたくさんの人を救ってきたのは事実よ。だから今は少しお休みして、時間をあけてから本当にあなたを必要としている人を救ってあげなきゃ」

「うん。わかった」

「その代わり、予約キャンセルしたお客さんは次回は無料で占ってね。私から連絡しておくから」

さすが顧客の対応に関してはマキちゃんにまかせておけばいいと安心できた。

「ご迷惑をおかけしてすみません」

「あら、あなたが悪いわけじゃないから謝らないで。でもいったいどこからこんなうその情報が出たのかしら？　やっぱり人気に嫉妬した同業者かしら？」

そう、一番やっかいなのは、誰がなんの目的で急にこんなことを言い出したのかだ。

私にはまったく心当たりがないが、心当たりがないからといってこういうことが起こらないというわけではない。事実無根だと否定しても、一度出てしまった情報を消すことはできない。

人の口に戸は立てられない。今は黙って耐えるしかないのだ。

「ごめんなさい。では今日からしばらくの間お休みするね」

私はマキちゃんに頭を下げると、今入って来たばかりの裏口の階段をとぼとぼと下りていった。

「はぁ。もう」

やり場のない思いをどうにか心の中にしまって駅に向かう。いつになったら収まるのか、誰がこんな噂を流しているのか。わからないことばかりで気がめいりそうだ。

可也斗さんに相談……いや、今彼はアメリカに出張している。こんなことで煩わせるわけにはいかない。もう少し様子を見て――。

「占い師のリーラさんですね」

後ろから声をかけられて振り向いた。するとそこには白いTシャツに紺色のジャケットを羽織った見知らぬ男性が立っていた。

「いえ、違います」

彼が誰だかわからないけれど、私が占い師のリーラであることを知っている時点で警戒をしなくてはならない。

否定をしてそそくさと歩き出した。こういう場合長話をしてはぼろが出てしまう。心臓は驚きと恐怖でドキドキしている。どうにかこの場をやり過ごしたいと思う私を男性は追いかけてきた。

「わたしは週刊SUNの記者です。リーラさん。いや春日井紫織さん。土岐可也斗氏との関係をお話しいただきたいのですが」

彼の名前が出て思わず足を止めてしまった。

しまった。これじゃあ、彼との関係を認めてしまったと思われても仕方ない。

週刊SUNは先ほどマキちゃんに見せてもらった週刊誌だ。きっとかなり調べてきているのだろう。このまま対応するのは難しい。占いの館に戻ってマキちゃんに助けを求めよう。そう決めて踵(きびす)を返そうとしたときに記者と私の間にすっとひとりの男性が立った。

「律?」

しばらく会っていなかった律の登場に驚く。

「週刊誌の記者の取材に応じる義務なんてない。だからこのまま無視して」

「でも……」

それではあることないこと書かれてしまうのではないだろうか。

「心配ないから」

律は私にそう言うと、記者に自分の名刺を差し出した。受け取った記者は一瞬驚いた顔を見せる。

「弁護士とは……まいったな」

向こうもおおごとにはしたくないのだろう。律が弁護士だとわかるとさっきまでの勢いがなくなった。

「このような付きまとい行為が続くようであれば警察に届けます。よろしいですか」

「いや、あの。失礼します！」

律の強い態度に恐れをなした記者は、慌てた様子でその場を去っていた。

「あ……よかった。こ、こんなこと、あるんだね」

なるべく明るく言おうとしたけれど、声が震えてしまった。まさか自分の人生で週刊誌の記者に突然取材されるようなことがあるとは思わなかった。

「紫織、大丈夫か？」

「う、うん。怖かったけど。もう平気。律のおかげだよ」

彼と話しているうちに震えも収まって来た。

「それより律はどうしてここに？」

「いや、ちょっとなんだか嫌な予感がして」

「すごい。助かった。でもよかったの？　最近すごく忙しそうにしてたから、連絡も少し控えてたんだけど」

誕生日のメッセージに対する返事もなかった。今までそんなことがなかったので、もしかして何かあったのかと気になっていたのだが、こんな形で助けてくれるとは。

「ごめん。ちょっとバタバタしていて。で、記者なんてどうしてこんなことに？」

駅に向かいながら律に、週刊誌にデマの記事が掲載され、それがきっかけで色々と調べられている可能性があるのかもしれないと伝えた。

「とにかく、なんだか急に変なことが起こり始めてて。ちょっと占いをお休みすることにしたの」

「そうか、残念だね。占いは紫織のライフワークみたいなものなのにな」

「うん。でも仕方ないよ。マキちゃんや信頼してくれているお客さんに迷惑かけられないから」

苦笑いで悔しい気持ちをごまかす。

「今日少し脅しをかけておいたけど、あまりひどいようならきちんと警察に届けて」

「うん。少し様子をみれば収まると思うんだけど」

「あまり楽観視しない方がいい。あいつらしつこいから。何かあったら僕を頼って。

これでも一応弁護士だから」

「一応だなんて。でも心強い。いつもこうやって色々やってくれてありがとう」

姉の行方を探しているときも、いつも真剣に私に寄り添ってくれた。結果的には可
也斗さんが見つけ出してくれたけれど、それまでの五年間は、律が少ない手がかりを
一緒になって探してくれていた。

「気にしないで。幼馴染みだろ。僕はいつだって紫織の味方だよ」

「うん、ありがとう」

お礼を告げて、駅の改札を抜ける。階段を上る前に振り向くと律はこっちに手を振
ってくれていた。私も慌てて振り返す。

よかった、律が元気そうで。

これまでこんなに長い間連絡が取れなかったことがなかったので心配をしていたの

だが、いつもと変わらない優しい彼で安心した。

弁護士の仕事、忙しそうだもんな。

色々なことがあった日だった。でも最後に律が元気だとわかって少しいい日になったかも。帰り電車の中でふとそんなことを思った。


しかし事態は収束どころか、悪い方向へと向かってしまう。

その日私はいつも通り出勤していた。いや今週末に二週間のアメリカ出張を終えた可也斗さんが戻って来るので少し気持ちが浮き立っていたかもしれないけど。そんな普通の朝だった。

源経理部長から呼び出しがあるまでは。

課長や係長ではなく、部長からの呼び出し。私は嫌な予感を抱きながら源経理部長とともに役員フロアにある会議室へと向かった。

なんで役員フロア？　もしかして可也斗さんとのことがバレた？

いやでも、それはあくまでプライベートなことだ。社内恋愛が禁止されているわけでもないし、会長もご存じだ。こんなふうに仕事中に上司を通じて呼び出されるようなことではない。

源経理部長は私が呼び出された理由を知っているのだろうか。不安がどんどん大きくなっていき、息さえするのがつらくなったころ、会議室に到着した。

源経理部長がノックをして中に入る。私はその後に隠れるようにして続いた。

「君が、春日井紫織さん？」

「はい」

そこにいる人物を見て驚いた。会長と社長、それから可也斗さんの従兄弟であり関連会社の社長である土岐公斗さんがいる。以前リーラの格好のときに会長室で会ったので間違いない。

「源経理部長は下がって」

「あの、でも……」

「いいから」

部下思いの源経理部長はなんとか同席を試みてくれたが、社長の強い態度にそれ以上は何も言えなかった。振り向きざまに心配そうに私に視線を向けてくれたので、私は小さく頷いて大丈夫だと伝えた。

パタンと扉が閉じられると、その場にいる全員の視線が私に向けられた。私は緊張で手をぎゅっと握った。

顔をあげると私を心配そうに見つめる会長と目が合う。ほんの少しだけ呼吸が楽になったような気がする。私はなんとか大きく息を吐いて気持ちを落ち着けようとした。

「こちらに座って」

「はい」

言われるままに椅子に座ると、目の前に一冊の週刊誌が差し出された。付箋がついているところを開くとそこには、私と可也斗さんが一緒にいる写真が掲載されていた。私の顔はモザイクで隠されていて名前はAさんとされているが、文章を読めば私のことだとわかる。

これはこの間マキちゃんに見せてもらった週刊誌が出した継続記事だ。

問題はその見出しに書いてあることだ。

【土岐商事お家騒動。副社長が会長を謎の占い師を使って洗脳!?】

私はショックのあまり絶句し固まった。

「春日井さん。これは誤解だって私の方から社長には話をしたのよ」

私の様子を見て会長がかばう言葉をかけてくれた。

「君が占い師をしているというのは本当か?」

社長から直接聞かれて「はい」と返事をする。

「では、この副業届けに出ている通りで間違いないね？」

「はい。その通りです」

社長は何か考えているのか、そのまま黙ってしまった。

「社長、わたしはこのインチキ占い師が会長室にいるのを見ました」

公斗さんがそう言って、私に氷のような冷たい視線を向ける。

「間違いない。あのとき可也斗が連れてきた占い師がお前だったとはな」

「インチキだなんてそんな」

思わず叫ぶ私。そこで社長がぴしりと言った。

「公斗黙りなさい」

父親に一喝(いっかつ)された公斗さんは不満そうにしながらも、口を閉ざした。

社長が向きなおって話を続ける。

「君が会長を占ったというのは本当かな？」

「はい。ただ記事にあるような会社のことについては、私は一切占っていません」

あのときはそういった占いはしなかった。

「いや、それ以外のところで占っているかもしれない。社長、彼女を信用してはいけません」

そんなこと……。

「公斗、あなたは少し黙っていなさい」

今度は会長からたしなめられた公斗さんだったが、構わずに話し続ける。

「お前は経費の不正についても情報を掴んでいたらしいじゃないか。そうやって占いをすることで社内の機密事項を探っているんじゃないのか?」

「そんなことはありえません。確かに営業部で起きた不正については、不審に思う点がありま調べましたが――」

「白状したな」

我が意を得たりとばかりに冷酷な笑みをみせる公斗さん。

「人の悩みに付け込んで情報収集するなんてひどいやつだ。さしずめ今度もそれと同じやり方で会長を操るつもりだったのだろう?」

公斗さんは、私をにらみつけた。

これではいくら否定しても決めつけられて不利になるばかりだ。どうするべきなのか考えようにも、焦って言葉が出てこない。

会長が口を開こうとした瞬間、なんの前触れもなく扉が開いた。

「遅くなりました」

その声の主は可也斗さんだ。振り向いて彼の顔を見た途端、今まで必死になって我慢していたものが込み上げてきて、目頭が熱くなる。

「可也斗さん……」

「紫織、ひとりにして悪かったな」

私は必死になって首を振る。ここに来てくれただけで、彼がいるという事実だけで安心できた。

「可也斗、お前出張は？」

そうだった。彼は今週末までアメリカに滞在している予定だ。

「予定していた仕事は全部終わらせました。期待以上の成果を得られたので、もはや向こうにいる必要はないと判断し帰国しました」

彼は何か言われることを見越して、仕事は完璧に終わらせてきたようだ。

「恋人のために、ご苦労だな」

鼻で笑う公斗さんに可也斗さんは鋭い視線を向けた。

「自分の惚れた相手さえ守れないでどうする」

「ふたりともおやめなさい」

にらみ合っているふたりを会長がため息交じりにたしなめる。

「可也斗、この記事は」

「事前に情報が入ったので読みました。週刊誌らしい事実誤認の記事ですね」

確かに読んでいなければ、今ここにはいないだろう。

「まさか社長までこの記事をうのみにしているわけではないですよね？」

社長は黙ったまま週刊誌に目を向けていた。

「そもそも洗脳だなんて、会長にも失礼じゃないですか。今も立派にご自分の意志で何もかも決められる。それは社長もご存じですよね」

「確かにそうだ。だが問題はそこではない。こういう噂ひとつで、会社のイメージというものが悪くなる。可也斗はマスコミの取材を何度も受けて顔が公になっているのだから、注目を集めやすい。その自覚のなさが問題だ。後継者として問題があるとは思いませんか。会長」

社長の言葉に公斗さんが勝ち誇ったように笑う。会長は困ったようにため息をついた。

「やっぱり俺しかいないな。土岐商事を引っ張っていけるのは」

ふんぞり返る様子の公斗さんだったが、可也斗さんは無視して話を続ける。公斗さんは無視されたことで眉間に深い皺を刻んだ。

「確かに記事になってしまった脇の甘さは認めます。しかも突然降ってわいたような記事。リークした人間の存在があるはずと思い調べました」

「ふん。そんな簡単に見つかると思うか?」

公斗さんは笑っていたけれど、彼の前に可也斗さんが数枚の写真を取り出す。

「これ、お前の個人秘書だろ。人の脇の甘さをとやかく言う前に、自分も気を付けることだ」

写真を突き付けられた公斗さんは、一瞬ひるんだ様子を見せた。

「は? 俺が指示したという証拠は?」

冷静さを取り繕(つくろ)った様子だったが、わずかに目が泳ぐ。ただこの写真だけでは、公斗さんが指示したことにはならない。

すると可也斗さんはスーツのポケットからICレコーダーを取り出して再生した。

「私が土岐公斗氏の指示のもと、記者に記事を書かせました。身内が入院していてまとまった金が必要でした」

「あいつ……」

「金でつながっている関係は、簡単に金で切れる。この機会に覚えておけ」

可也斗さんの言葉に公斗さんの顔が真っ青になる。

「公斗お前、こういった記事のせいで会社の信用がどれほど失われるか、その年になってもわからないのか？」

社長が声を荒らげて公斗さんを叱責する。すると彼は開きなおったかのように言い訳を始めた。

「親父が悪いんじゃないか。さっさと俺を後継者に指名してくれればいいのに、いつまで経っても可也斗のことも切れずにいた。親父の会社は息子が継ぐっていうのが当然だろう？」

彼以外の全員の肩ががっくりと落ちた。

「お前のそういうところが、後継者にできない理由だとなぜわからないんだ。情けない」

その言葉は社長というよりも、公斗さんの父親としての本音がこぼれたように思えた。

「いいか、俺が今まで後継者を決めなかったのは、公斗お前のためだ。自分と向き合い成長してもらいたかったが、ここまでならもう無理だな」

「親父、何言ってるんだ？」

公斗さんの声が震えている。

「そもそも、この会社は兄が継ぐはずだった。それが志半ばで倒れた兄に代わってわたしが継ぐことになった。正直重荷だと思うことも多かった。でも可也斗に引継ぐまではと踏ん張ってきた」

「社長……」

可也斗さんもこの話は初耳だったらしい。わずかに驚いた様子を見せた。

「公斗と違って可也斗は、しっかりと期待に応えて立派に成長してくれた。もちろんまだまだ未熟な部分もあるが。大切な人もできたみたいだし、そろそろ兄の思いを叶えてもいい頃合いだと思いませんか？　会長……いや、母さん」

黙って聞いていた会長が「そうね」と呟いた。

「うそだろ。みんなして可也斗の味方なのかよ！」

公斗さんは立ち上がり大声を上げた。それを社長がたしなめる。

「敵味方の話じゃない。自分の能力を見極めろ！」

社長の一喝で公斗さんは椅子に座ってうなだれた。社長は呆れた様子で公斗さんを見てから視線を私に移した。

「春日井さん。この度は親族間の問題に巻き込んでしまい申し訳ない。息子のこと許してくれとは言えないが、どうか今回だけはわたしの顔に免じて見逃してもらえないだろうか」

「え、あの」

社長に頭を下げられて、どうしたらいいか困った私は、可也斗さんに助けを求める。

「とりあえず社長にここで恩を売っておけば損することはないぞ」

「そんなこと……」

「今後はこういったことをさせないように十分に監視する。申し訳ない」

再度頭を下げられてしまった。

「社長、どうか頭を上げてください。私のことでしたら、ご心配には及びませんから」

慌てて言うと、社長はほっとしたように「ありがとう」と言った。その顔は社長というよりも、公斗さんの父親としての顔だったように思う。

「では、俺は出張帰りで疲れているので今日はこれで失礼します。それと彼女も濡れ衣を着せられて傷ついているので休ませます。すでに経理部長には許可を取ってあるので問題はありません」

「まぁ、仕事が速いこと」

会長が呆れ顔で笑っている。

「褒め言葉として受け取っておきます。では」

「え、え？」

さっさと会議室から連れ出された私は、ふたつ隣にある副社長室にと連れてこられた。

そして扉が閉まった瞬間、ぎゅっと彼に抱きしめられた。

「すまない。紫織。こんなことに巻き込んで」

痛いくらいの抱擁。彼の体温を感じてほっとした瞬間、それまで我慢してきた涙があふれてきた。

「ど、どうしようかと思った……怖かった」

それが本音だ。強がったってどうせ彼にはすぐにバレてしまう。素直に気持ちを伝えると心の中の重かったものが小さくなっていく。

「公斗のことは家族でなんとかするから。それにこの週刊誌を訴えることもできる。紫織のしたいようにしよう」

可也斗さんは背中を優しく撫でてくれる。

「わかった。でも今は……ふたりでいたい」

顔を上げて彼の顔を見つめる。彼もまた私をじっと見ていた。

「もちろん。そのつもりだ。行こう」

可也斗さんはデスクの上に置いてあった車のキーをとり、私の手を取るとそのままエレベーターに向かって歩く。

数人の社員とすれ違う。役員フロアなので人数は多くないがしっかり見られてしまった。

「可也斗さん、みんな見てる」

「いいだろ。どうせ俺たち週刊誌に載った仲なんだから」

確かにもう噂はすでに広がってしまっているだろう。だけど実際にこうやって見られると恥ずかしい。

「俺はうれしいよ。やっと紫織とのことを公表できて」

エレベーターに乗り込んだ彼は、扉が閉まるなり私のこめかみにキスを落とした。

「これ以上すると、我慢できなくなる」

そう言った彼が意味ありげにこちらを見てきたので、私は思わず赤面してしまった。

彼の運転で連れてこられたのは、彼の自宅マンションだ。都内の一等地にあるタワーマンションで、地下の駐車場から直接エレベーターに乗ったのでエントランスなどの様子はわからなかったが、自分が今まで足を踏み入れたどのマンションよりも豪華だというのは見て取れた。

「あの、お部屋にお邪魔してもいいんですか？」

「当たり前だろ。ホテルとかの方がよかった？」

「いえ、それはそれで緊張するので」

「そう？　じゃあまた次の機会に」

彼とつないでいる手に力が込められた。私もぎゅっと握り返すと彼が微笑んでくれる。

彼の部屋に行くということがどういうことか、わからない私じゃない。覚悟はできているけれど緊張してドキドキする。

エレベーターが最上階で止まって扉が開く。すぐ正面にある扉を彼が開錠して、中に入ると、私の視界は急に彼でいっぱいになった。

「もう無理、ごめん」

謝罪の言葉が聞こえた気がした。しかしそれを理解する暇もないまま彼に強引に口づけられる。その激しさに眩暈を覚えたけれど、それだけ彼が私を欲してくれているのだと思い、必死になって彼のキスに応えた。

息継ぎもままならない。それでもその激しさを喜んでいる自分がいる。

「紫織、好きだ」

キスの間に交わされる甘い言葉に、耳から溶かされてしまいそうだ。立っているのがつらくなったころ彼が私を抱き上げた。

「待って、自分で歩く」

「いいから。一瞬も離れたくないんだ」

そう耳元で乞われて、逆らえるはずもない。

私は彼に抱きかかえられたまま、寝室へ向かう。

寝室のドアが閉まる音が、甘い時間の始まりの合図となった。


薄暗い寝室。

大きなベッドが程よいスプリングでふたりの体を受け止める。

少し強引なキスで思考を奪われる。

私の体のラインをなぞるように彼の手が動く。カットソーの裾から彼の手が侵入してきた。素肌に触れられて思わず体を揺らして反応してしまう。

「……っん」

唇をふさがれていたことが幸いして大きな声が出なかった。けれど彼には私が感じてしまったのが伝わったみたいだ。

唇をくっつけたまま、笑って見せた。

「かわいい、紫織」

熱のこもった甘い声に、私の体が熱くなる。好きな人にこんなふうに言ってもらえるなんて、うれしいことこの上ない。

ベッドのシーツに投げ出していた手を、彼の背中に回し抱きしめる。

「そうだ、もっとくっついて。お前にも俺を感じてほしい」

彼が私の首筋に舌を這わせながらそう言った。

ぞくぞくと体を走り抜ける快感に私は背を反らせる。

「ん……あぁ」

恥ずかしい声が出て、慌てて口をふさごうとする。けれどその手を彼の手が阻止した。

「声、恥ずかしい？」

私の顔を覗き込む彼。しかし私は恥ずかしくて見つめ返すことができない。そっと横を向いて、視線から逃れ黙って頷いた。

「だったら、こうしていればいい」

可也斗さんの唇が私のそれをふさぐ。そして間髪入れずに彼の舌が私の中に差し込まれた。

その間も彼の熱い手のひらが私を翻弄する。無意識に出る声はすべて彼のキスが飲み込んでいく。

苦しい……だけど、気持ちいい。

自分の何もかもが彼でいっぱいになる。

「紫織……そろそろ、俺も限界」

夢中になっていた私は改めて彼に視線を向ける。すると額に汗を滲ませた彼が、熱い瞳で私を射抜く。何もかも食い尽くされてしまいそうなほどの、強い目。私はそれに魅せられてゆっくりと頷くと、彼にすべてをささげた。

お互いの汗が混じり合い、シーツが皺だらけになるほど抱き合った。

「紫織……愛してる。ずっとこのままでいたい」

吐息交じりの彼の声を聞いて、私の体が歓喜に震える。

「私も……」

彼の行動すべてに翻弄されていた私は、短くそう答えるだけで精いっぱいだった。

そのまま私はすべてを彼にゆだねて、彼の大きな熱い愛を受け止めた。

頬がくすぐったくてうっすらと目を開けた。ぼやけた世界がだんだんとはっきりしてくる。

「ん……あっ」

声を上げた私を、至近距離で見ていた彼がくすくすと笑った。

「おはよう。目が覚めた？」

「はい」

こんなに近くに彼がいて、驚きで一瞬にして覚醒した。

「紫織は本当にどこででも熟睡できるんだな」

「わりとそうかも」

「まあおかげで、俺は楽しめたけど」

可也斗さんは、ニコニコと機嫌がよさそうだ。

「楽しめたって？」

「それは、俺だけの秘密」

いったい寝ている間に何があったのだろうか。確認のために布団の中を覗いた私は驚いた。

なんで服着てないの？

そしてはたと思い出した。自分がどれだけ乱れて最後は意識を手放すようにして眠りについたかを。

は、恥ずかしい。

「何、今更思い出して恥ずかしがってるんだ？」

「別に、そんなこと」

否定してもこれだけ動揺していては、バレているに違いない。

「もし忘れたんなら、もう一回再現しようか？」

そう言いながら彼が覆いかぶさってきた。

「待って、覚えてるから。全部、ちゃんと」

「そうかよかった。じゃあ今は今で、また新しいことするか？」

「結局同じじゃないですか！」

私の反応に可也斗さんは声を上げて笑った。

「ごめん。したいのはやまやまだけど、とりあえず飯（めし）でも食うか。準備するからその間シャワーでも浴びておいで」

「ありがとうございます」

私は案内されたバスルームでシャワーを浴びてやっと一息つくことができた。

すっきりした私は用意されていたバスローブを身に着けて、髪を乾かすと彼の待つリビングに顔を出した。

「もうすぐできるから、ゆっくりして」

「はい」

彼を待つ間、私はリビングを見て回った。

ブラックとグレーで統一されている部屋は、シックで彼の雰囲気にぴったりだ。きちんと整理整頓されていてすっきりしている。唯一目を引くのは壁一面を埋める天井までの本棚。そこには様々なジャンルの本がびっしりと並んでいた。

「あれ、占いの本もある」

「ああ。それな」

キッチンまで私の声が届いていたようだ。

「お前と知り合ってから買った。タロットって奥が深いな。これを言葉にして伝えるってなかなか大変だろうな」

「占いなんて信じてないって言ってたのに」

振り向いて彼の方を見ると、フライパンを手に笑っていた。

「今でも信じてない。でも紫織のことは信じてる」

「なんですか、それ」

別になんてことのない言葉なのに照れてしまう。

「ほら、できたぞ」

「あ、はい」

キッチンからいい匂いが漂ってきていた。時計を確認すると時刻は十八時。昼食も取らずにベッドにいたので、お腹がすいていた。

ダイニングテーブルに座ると、彼がすぐにトレイにのせて食事を運んできてくれた。

「親子丼！」

「ああ。適当に作ったから、味はどうだかわからないけどな」

私の前にトレイを置くと、そこには味噌汁とお新香もある。

「まるで定食屋さんみたいですね」

「褒めるなら食べてからにしてくれ」

笑いながら彼が向かいの席に着くと、いただきますとふたりで手を合わせた。

いい香りに期待が高まる。半熟の卵とごはんを一緒に口に運ぶ。

「美味しい！　すごい」

「そうか、よかった」

私の反応を待っていた彼も、笑って食べ始めた。

「すごいなぁ。料理ができるなんて」

「料理もな」

「はい。そうでした」

じゃがいもとワカメのお味噌汁も出汁がよく効いていてとても美味しい。

「実は私……お料理がまったくダメで」

今までずっと実家暮らしで母に甘えてきた。そのつけが今頃こんな形で……。

「別に、作りたくなったら覚えればいいだろ。俺ができるからいいじゃないか」

「そういうものですか？」

「これから餌付けするのが楽しみだ」

「すみません。私あまりできることがなくて」

実際取り柄といえば占いくらいで、他に特別自慢できることもない。

「別に俺は何かができるから、お前のことを好きになったわけじゃない。だから気にするな」

「はい。でもお料理は練習しようと思うので、今度教えてください」

「俺は厳しいぞ」

「お手柔らかに」

ゆっくりとした時間の中で私たちが食事をちょうど終えたとき、彼のスマートフォンが鳴った。

「悪い。ちょっと電話」

目の前の彼が厳しい顔をしている。私は邪魔になるといけないと思い、食べ終わった食器を流しに運び洗い始める。

これくらいならお手伝いできるし。

彼のような立場なら時間に関係なく仕事の連絡があるのだろう。大変そうだと思いながらなるべく音をたてずに洗い物をする。

すると電話を終えた彼がやってきた。

「紫織、今日の雑誌の掲載については出版社に抗議をすることにした。とりあえず謝罪文の掲載あたりで落ち着くと思う。お前がもっとやりたいって言うなら、他の手段もあるけど」

どうやら今日のことで今後の連絡があったらしい。

「いえ、それで十分です。もっとやるっていう中身がちょっと気になりますが、聞かないでおきます」

「聞きたくなったらいつでもいいぞ。ただ、まだひっかかっていることがあるんだ。記者が紫織のところにも行ったんだろ？　紫織がリーラだということをどうやって調べたのか手段を知りたい。今後そいつがよからぬことをしないように釘を刺したいからな。この件にはまだ裏があるような気がする」

確かにリーラでいるときはかなり濃い目のメイクに、ベールまでしている。わざわざ調べなければわからないはずだ。

「このままリーラとして占い師を続けるつもりか？」

「うーん。難しいかもしれない。お店に迷惑がかかっても嫌だし」

私は普段の自分とリーラを切り離していたから、周囲にそれがバレてしまった今、このまま続けることは厳しい。

「お前が続けたいって言うなら、どうにかしてやるけど」

「うん。少しマキちゃんに相談してみる」

「その方がいいな。俺としては紫織が決めたことは応援するつもりだから」

その言葉に胸がキュンとした。私の意見を尊重してくれることがとてもうれしい。

「ありがとう」

洗い物をしながらそう言うと、彼が後ろから抱きしめてきた。

「俺がこんな立場だから、今回みたいなことがまたあるかもしれない。それでも全力で守る。それだけは約束する」

気持ちのこもった言葉に胸が熱くなる。

「うん。ありがとう」

私が後ろを振り向くと、彼のキスが唇に落ちてきた。そして何度もチュチュと繰り返す。

洗い物の途中なのに。

やがて可也斗さんの手が水道の水を止めた。そしてそのまま深いキスになる。気が付けば私は濡れたままの手を彼の首に回して、キスに溺(おぼ)れていた。

あんな出来事があって二週間後。今日が私のリーラとしての最後の日だった。

あれからマキちゃんとも相談して、以前キャンセルしたお客様の占いが終わった時点で私はリーラを引退することにした。

もともと姉が見つかるきっかけになるかと思い、始めたリーラだった。姉が見つかった今、役目を終えたのではないかと思ったからだ。

週刊誌に掲載されてしまったことがきっかけではあったが、私にとっては前向きな決断だった。

今日で最後と知ったお客さんが次々やってきてくれた。寂しいと言ってくれる人や、お菓子やお花をくれる人。週末だけの占い師だったけれど、こんなにたくさんの人がこうやって訪ねてきてくれたことは私の宝物だ。

最後のお客さんを見送った後、私はいつもよりも丁寧に片付けを始めた。すると入口のカーテンが開いた。

「律!」

そこには久しぶりに見る律が立っていた。

「どうしたの?」

「今日で最後だから僕も占ってもらおうかと思って」

「なんだ。でも律ならいつだって占うのに。どうぞ」

すっかり片付けてしまう前でよかった。私はテーブルにタロットを出すとくるくると混ぜ始めた。

「それで、律が占ってほしいことって何?」

彼の顔を見ると、どこかいつもと違うような気がした。疲れているのか覇気がないように思う。何か相当悩んでいるのだろうか。

「僕、好きな人に振り向いてもらえる？」

「えーそんな人がいたんだ？」

だから最近忙しそうだったんだ。でも元気がない。もしかして相手とうまくいってないのかもしれない。

「律？」

やっぱりなんだか様子がおかしい。もう一度声をかけようとしたら、急に彼が私の手を掴んだ。

「り、律。痛いよ」

かなり強い力で握られて、振りほどけない。

「なぁ、紫織。なんでアイツなんだ？」

「アイツ？」

いったいなんのことを言っているのかわからない。

「だからなんで紫織の相手が土岐可也斗なんだ‼」

吐き捨てるような言い方に、驚いて体がビクッと震えた。何か言おうにも、律の様子がいつもと違いすぎて言葉が出ない。

「紫織の一番近くにいて、理解しているのは僕だ。ずっとそうだっただろ、な？」

同意を求めて手を強く握られる。

「痛いっ」

「あんな男より、僕と付き合おう」

そう言うや否や、律は立ち上がりテーブルのこちらに回り込むと私をすごい力で抱きしめた。

「待って、律。痛いからっ」

抵抗したところで、律の腕の力は強くなる一方だった。

「やだ、やめて。ダメ」

もがく私だったが、律は逃がしてくれない。

「ねぇ、律。聞いて。誰でもいいわけじゃないの。彼じゃないとダメなの」

「どうして、僕の方が先に紫織に出会っていたのに！」

律が強引に私に上を向かせた。そしてそのまま唇を奪おうとする。

「いやっ！　助けて」

「紫織！」

この場にいないはずの彼の声が聞こえた瞬間、目の前にいた律が床に投げ出された。

そして私は男性の背中にかばわれた。見間違うことなんてない。大好きな可也斗さんの背中だ。

「紫織に触るな。お前は自分の気持ちを押し付けることが、彼女に対する愛情表現だと思っているのか？」

ハッとした律は、床の上でうなだれた。そんな律に可也斗さんはなお言葉をぶつけた。

「なぜ、紫織のことを公斗の個人秘書にリークした。お前から情報を得たと白状したぞ」

「えっ、どういうこと？」

初めて聞く事実に驚く。

「あのとき、記者に直接接触したのは個人秘書で間違いない。しかし彼らがどうやってあそこまで詳細に調べたのか気になった。最初は探偵でも雇(やと)ったかと思ったが、裏で糸を引いていたのがこの弁護士だったんだ」

律がまさか……なんで。

驚きと悲しみですぐには声が出せず、私はただ律を見つめた。

「そこまで調べていたのか。そうだ、僕が紫織のことを土岐公斗の個人秘書に話した。思惑通りに動いてくれたから、安心してたのに。すぐにバレるなんてがっかりだな。あの記事が出ればお前と紫織を引き離すきっかけになると思ったのに」

「うそでしょう？　ねぇ、律。うそだって言って」

　声が震える。まさか律がそんなことするはずない。

　しかし律は私の問いかけを無視する。

「お前がいなければ紫織は……」

「違うだろ。俺と紫織が結ばれたのは運命だ。もし紫織の運命の道がお前と交わっていたのなら、俺がいてもいなくても、紫織はお前のものになったはずだ」

　律は可也斗さんの言葉を聞いて悔しそうにこぶしを床にぶつけた。

「紅音さんのことも、本気で探す気があったのか？　俺が依頼した人間はすぐに彼女を探し当てた。彼女はそもそも西日本に滞在していた痕跡すらなかったのに、なぜ宮島に紫織をミスリードしたんだ？」

　どういうこと？　律が私を騙していたの？

「そんなことまで調べたのか。そうだよ。彼女には悪いが、僕は紅音さんが見つからない方がいいと思っていた」

「どうしてそんなこと言うの、ひどい！」

いくら信頼している律の言葉でも、姉のことをそんなふうに言うなんて許せなかった。

「すまない、紫織。でも紅音さんが見つかったらあの男も一緒に君の前に現れる。万が一にもまた紫織にちょっかいでもかけられたらたまったものじゃない」

「そんなことあるはずない。私はふたりのことを応援したいって思ってるって、律だって知っていたでしょ？」

「紫織には僕がいれば十分なはずだ。それなのに、どうして、こいつなんだよ」

今にも泣き出しそうな真っ赤な目で、私を見つめた。

「どうして僕じゃダメなんだ」

「律……」

泣き出しそうな彼を見て言葉を続けることができない。そんな私の代わりに可也斗さんが口を開いた。律をにらみつけ、きっぱりと言い切る。

「俺と紫織が一緒にいることは運命なんだ。だから誰かに代わりができるような愛し方はしていない。悪いがこれから先何があったとしても、紫織を譲ることだけはできない」

「可也斗さん……」

彼のひとつひとつの言葉が胸に響き苦しい。私も律に彼への思いを伝えた。

「律、苦しいときはいつも一緒にいてくれて本当に感謝してる。色々思うことはあったとしても姉のことずっと相談に乗ってくれていたし、律がいなければ姉を探すのを諦めていたかもしれない。だから律は私にとって大切な人。それは今も変わらない」

「紫織……」

「でも、違うの。律は可也斗さんじゃないから。だから律とは付き合えない」

はっきりと自分の意志を伝えた。どんなに想ってくれていても、応えることはできないのだと。

私からはっきり伝えたことに、律は泣きそうな顔で笑い出した。

「ははは。情けない、こんな終わり方」

ゆっくりと立ち上がった律は、外に出る瞬間こちらを振り向いた。

「ごめん」

小さな声だったけれど、はっきりと聞こえた。そしてそのまま静かに彼は出ていった。その姿を見て涙があふれ出る。

「うっ……う、なんで……私、全然気が付かなかった」

これまでずっと無神経な私は、律の気持ちに気が付かずに彼を傷つけていたのだ。

「それは紫織が気にすることじゃない。向こうだってちゃんと告白せずに幼馴染みっていう関係に甘んじていただろう」

「でも……」

きっといくつもサインを出していたはずだ。正義感が強く弁護士になった彼がこんなことをするなんて相当追い詰められていたに違いない。それなのに私は……。

「でもいくら考えても無理だろう。俺たちが出会ってしまったんだ。誰も邪魔をすることはできない」

可也斗さんがまっすぐに私を見つめる。

「俺はもう何があってもこの手を離さない。紫織は違うのか？」

彼がぎゅっと手を握ってきて力を込めた。私はそれを握り返した。

そうだ。もう律が何を言おうと、過去がどうだろうと、この先に何があろうと、私はこの可也斗さんの手を離すことはできない。

「私もこの手を離したくない」

「だったら、もう考えるな。責任は俺が取る」

彼がぎゅっと抱きしめてくれた。私はその腕の中でただ涙を流した。そして彼の言葉を胸の中で繰り返す。

――俺と紫織が結ばれたのは運命だ。

「これ飲んで少し落ち着いて」

可也斗さんがコーヒーの入ったマグカップを差し出した。それを受け取り一口飲んだ。

「美味しい」

やっと落ち着いた気がして、大きく息を吐いた。

「ごめんなさい。急に部屋に来てしまって」

あの後、ひとりになりたくないと言う私を彼は自宅に招いてくれた。正直、泣きはらした顔を他の人に見られたくなかったのでありがたかった。

「謝ることじゃない。俺も今日は紫織をひとりにするつもりはなかったからな」

そう言いながら私の隣に座ると、顔を覗き込んできた。

「今日は怖い思いをしたな。それに……色々ときつかっただろう」

律のことを言っているのだ。信じている人に裏切られるのはつらい。それも信頼している長い付き合いの幼馴染みならなおさらだ。

「私がもっと早くに彼の気持ちに気が付いていたら、律はこんなひどいことをしなかったかもしれない」

占い中は人の気持ちに寄り添うように相談に乗っているつもりだ。しかし実生活では、相手の気持ちをきちんと考えられていただろうか。

「紫織、さっきも言ったけどそれは違う。あんな行動に出たのは、あいつが弱いからだ。それ以上でもそれ以下でもない。自分を責めるのは間違っている」

可也斗さんは優しく私の肩を抱き寄せてくれた。彼の腕に包まれて体温を感じると、どこまでも沈んでいきそうな気持ちが、救われるような気がした。

彼の肩に頭を乗せると優しく撫でてくれる。こうやって無条件で甘えさせてくれる彼が傍にいてくれて本当によかったと思う。

私のダメなところもこうやって受け入れてくれる。家族や律のことで面倒をかけたという自覚はある。でもいつだって彼はまるで自分のことのように親身になってくれた。

手に持っていたマグカップをテーブルの上に置いて、彼に向き合う。

「私、可也斗さんが好きです」

言いたいことがたくさんあるのに、結局口にしたのはこの言葉だった。

彼は驚いたように目を軽く見開いた後、顔をほころばせ私を見つめてきた。

「俺も紫織が好きだ」

彼の長い指が私の頬にかかっていた髪をゆっくりと耳にかけた。じっと見つめられて胸が高鳴る。

ゆっくりと頬を撫でられる。その指先から愛情が流れ込んでくるような優しい触り方。思わず目を閉じて彼に感じ入った。

すると唇に触れるだけの軽いキスをされた。ゆっくりと目を開くと愛情のこもった濡れた目で愛しい人が私を見ていた。

「紫織、結婚しよう」

「……っ」

あまりに突然のことで、心臓がひっくり返りそうになる。もしかして聞き間違いかもしれないと思い私はもう一度彼に尋ねた。

「あの、もう一回言って？」

信じられないことが起こって、驚いた顔のまま聞いた私の表情がおかしかったのか彼はクスっと笑った。

「ＯＫって返事を聞けるまで、何度でも言うつもりだ」

彼が私の両手を大きな手のひらで包んだ。

「紫織、お前を一生守りたい。隣で笑っていてほしい。俺の知らないところでもう二度と傷ついてほしくない」

耳に届く言葉ひとつひとつに愛がのせられている。彼の思いを受け止めていると自然と涙があふれてきた。

「紫織、愛している」

ストレートな愛の言葉が私の胸を打った。彼の首に手を回してぎゅっとしがみつく。

「私も可也斗さんを愛しています。あなたの妻にしてください——きゃぁ」

言い終わるや否や、私の視界が一転する。彼の肩越しに天井が見えた。どうやらソファに押し倒されたみたいだ。

至近距離で見る彼の瞳に宿る熱が私にも移ったかもしれない。ドキドキと高鳴る心臓の鼓動をどうやっても抑えることができなかった。

「可也斗さん……」

「紫織は、俺の運命の恋人だよ」

彼が私の唇をふさいだ。すぐにねだるような舌先が唇を割って入ってくる。

「んっ……ふっ、あ」

息継ぎさえも許してくれないほど、激しいキスの最中。こうやって可也斗さんだけで自分の中をいっぱいにできる幸せを私は実感していた。

やがて長い口づけが終わった。しかし可也斗さんの目は先ほどよりももっと濡れて艶めいている。その色気にくらくらしそうだ。

「紫織、悪いけど今日は家に帰せそうにない」

私が欲しいと目で訴えかけられて、どうして断ることができるだろうか。

「私も離れたくないです」

恥ずかしくてすごく小さな声だったけれど、彼の耳には十分届いたようだ。

無言で立ち上がった彼が、私を抱き上げた。

「先に言っておく。降ろさないからおとなしくして」

ほとんど見ることのない彼の切羽詰まった様子に、無性に愛を感じる。

「わかった。可也斗さんの連れて行ってくれるところなら、どこでも行く」

私の言葉に、彼は私を抱きしめる腕の力を強めた。

こうやってこれから先もずっと……私の傍にいて抱きしめていて。

彼の腕の中で私は将来の幸せを願った。

エピローグ

『今日の占い第一位は――』

いつもの時間にいつもの占い。しかし今日は途中でテレビが消えた。

「え、なんで」

振り向くとリモコンを持つ可也斗さんが立っていた。

「そんなに今日の運勢が知りたかったら俺が占ってやる」

「可也斗さんが？」

きょとんとする私に彼がニヤッと笑う。

「今日の紫織の運勢は大吉。ラッキーアイテムは俺からのキス」

そう言ったかと思うと、私の頬にチュッと小さなキスをした。

「もう、適当なんだから」

少しすねて見せたけれど、完全に照れ隠しなのは彼にバレている。

「適当だと、失礼だな」

不満そうな彼の顔。

「だって、これってば何占いなの？」

タロットでも星占いでも四柱推命でもない。

「紫織のことなら占わなくてもわかる。俺がずっと幸せにするって決めたからな」

背後からぎゅっと抱きしめられた。

「ほら見てみろ。天気予報は雨だったけど快晴だろ。運のすべては俺たちの味方だ」

カーテンの隙間から覗く青空には雲ひとつなかった。

今日は私たちふたりが新しい人生をスタートさせる日。教会で愛を誓い合う結婚式の日だ。ここのところ、連日雨続きで今日も雨の予報だったのに、本当に彼の言う通り、運が味方になってくれているのかもしれない。

「そろそろ式場に向かわないといけない？」

「そうだな。でもその前にこれ」

それは律からのふたりの結婚を祝う電報だった。

律はあれからカリフォルニアに留学をした。渡米前にもう一度私と可也斗さんに謝罪してくれた。彼もまた新しい生活に一歩踏み出したのだ。色々な感情が浮かんできて思わずじっと見つめた。

「はい、そこまで。他の男からの手紙をそんなにじっと見ない」

可也斗さんが電報を取り上げた。

「やきもち?」

「ああ、そうだ」

はっきりと言うので笑ってしまった。私は少し背伸びして彼の首に手を回した。

「やきもちなんてやく必要ないのに。私の運命はあなただから」

そう他の誰でもない。可也斗さんが私の運命。

見つめ合い、私の方から彼の頬にキスをする。すると彼が顔をほころばせた。

「俺のラッキーアイテムは、紫織からのキスだな。もう一回いい?」

彼は人差し指で自分の頬を指さし、催促してきた。その様子がかわいくて、私がもう一度唇を頬に寄せると彼が顔を動かして、反対に唇を奪われてしまう。

触れるだけのキスのつもりだったのに、深く口づけられた。お互いに抱きしめ合いながら、何度もキスをする。

数えきれないほどのキスが、私たちの運命の絆をこれからもっと強くしていく。きっと何度占っても結果は決まっている。

ハッピーエンドだって。

END

あとがき

このたびは『暴君御曹司の溺愛猛攻から逃げられない運命みたいです!?』を手にとっていただきありがとうございます。

突然ですがみなさん、占いはお好きですか? 私は大好きです! 占いを目にすると種類を問わず、真剣に聞いたり読んだりしてしまいます。

そしていいことだけを信じるタイプです。

本当に色々な種類の占いがありますよね。資料を探すために書店に行ったのですが夢中になりすぎて気が付けば二時間経過していました。

今回のヒロインはタロット占いをしていましたが、本当に奥が深くどう表現するのか悩みました。あくまで高田の解釈なので、フィクションだと思って生温かく見ていただけると幸いです。

最後になりましたが、読者様をはじめこの本に携(たずさ)わっていただいた方、皆様にお礼を申し上げます。

感謝を込めて。

高田(たかだ)ちさき

参考文献

[一] キャメレオン竹田『カードの意味が一瞬でわかる！ タロットキャラ図鑑』（ナツメ社 二〇二一年）

[二] LUA『78枚のカードで占う、いちばんていねいなタロット』（日本文芸社 二〇二一年）

マーマレード文庫

暴君御曹司の溺愛猛攻から逃げられない運命みたいです!?

2022年4月15日　第1刷発行　定価はカバーに表示してあります

著者　高田ちさき　©CHISAKI TAKADA 2022
発行人　鈴木幸辰
発行所　株式会社ハーパーコリンズ・ジャパン
東京都千代田区大手町1-5-1
電話　03-6269-2883（営業部）
0570-008091（読者サービス係）
印刷・製本　中央精版印刷株式会社

Printed in Japan ©K.K. HarperCollins Japan 2022
ISBN-978-4-596-42844-8

m a r m a l a d e b u n k o